青薔薇アンティークの小公女３

道草家守

富士見Ｌ文庫

CONTENTS

Blue rose antique
little princess

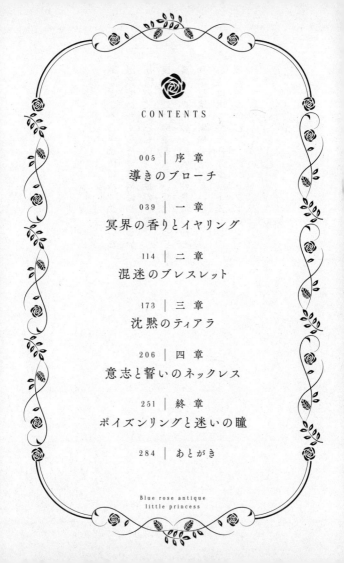

あるところに半妖精のパックがいた
陽気でいたずら好きで根はやさしい
妖精の父からもらった金の巻物で
良き人には幸運を　悪い奴は懲らしめた
貧乏人を助け　恋人の仲を取り持ち
今は花嫁の幸福を守っている
お礼はボウル一杯のクリームで
その名はロビン・グッドフェロー

序章　導きのブローチ

受け付けをすませ、会場に一歩入ったとたん、ローザは全身に熱気を感じた。

真冬の往来から屋内に入ったからだけではない。

会場を満たす、肌を突き刺すような緊張が理由だった。

室内の中央付近に並べられた席には、フロックコートにボウラーハット姿の男性や、華やかなドレスに身を包んだ女性がいる。

彼らは難しい顔で手に持つカタログを覗《のぞ》き込《こ》み、知り合いと血気盛んに意見を交わしていた。

奥には舞台があり、重厚な演台がもうけられている。

ここは、古美術品が出品されるオークション会場だった。

会場の熱気に当てられたローザがコートを脱ぐと、制服である青を基調としたドレスがあらわになる。

今日は青みの強い紺色で、表面には小さな花がプリントされていた。

首元までボタンで留めるスタンドカラーのジャケットは、胸元の白いひだ飾りと鮮やかな青がよく映えた。

オーバースカートは所々控えめにたくし上げられ、アンダースカートのプリーツが覗いている。癖のある黒髪は丁寧に結い上げて青いリボンを編み込んだ。

落ち着いた意匠の組み合わせを選んだつもりだ。それでも、実年齢よりも幼く見えるローザが目立つのは避けられなかったようだ。

十八歳になっても相手に幼げな印象を与えてしまうのは、小柄な体格と大きな青い瞳が原因だろうか、とローザは少々落ち込んだ。

しかしうつむきかけたローザに、ふっと影がかかる。

覗き込んできたのは、隣にいた青年――青薔薇骨董店《ブルーローズアンティーク》の店主であり、ローザの雇い主のアルヴィンだ。

美しい青年だった。一見女性にも見えるほど整った顔立ちでも、首筋には男らしさが見える。彫刻家が丹精込めて整えたような切れ長のまなざしで、けぶるまつげに彩られた灰色の瞳は謎めいた艶があった。

男性にしては長い銀髪はすっきりとまとめられ、各所に取り付けられたランプの明かりを反射して煌《きら》めく。

まるで妖精のように美しい彼の長身を包むのは、フロックコートとベストとスラックスだ。ダークブラウンの生地は年月を経たアンティーク家具のような艶と深みがある。

首元に巻かれたヘーゼル色のタイや小脇に抱えたトップハットとも相まって、周囲とは一線を画す品の良さを醸し出していた。

実際、ローザが感じた注目は、大半がアルヴィンに集まったものだ。

今も女性がほうと顔を赤らめた。

しかし当のアルヴィンは、周囲の視線など全く頓着せずローザを見つめる。

「ローザ、少し顔色が悪いかな？」

「いいえ、慣れない場で緊張しただけなのです。ご心配なさらないでください」

「ふむ、君はこういった場で緊張するのか。オークションとしては小規模なもので、勉強するにはちょうど良《い》いと考えたのだけど」

「アルヴィンさんが気を遣ってくださったのはわかっております。玄人の中にただの従業員であるわたしがいるというのが、場違いに思えてしまっただけなのです」

そう、今日のローザはアルヴィンに連れられ、商品の買い付けに来ていたのだ。

中上流階級《アッパーミドルクラス》向けの店舗が立ち並ぶ通りにある青薔薇骨董店は、花と妖精にまつわる骨董《こっとう》だけを取り扱う。

品物の仕入れのために、アルヴィンは様々な場所へ行く。個人宅に赴いたと思えば、地方の街の広場で開催される蚤《のみ》の市《いち》にくり出したりもする。

初夏に店の従業員になり半年以上経《た》ったローザは、勉強と称して徐々に買い付けの場に同行させてもらうようになった。

エルギスという国は、階級や性別で働ける職業が決定的に違う階級社会である。女であり労働者階級《ワーキングクラス》であるローザにとっては、中上流階級向けの骨董店《アンティーク》で従業員となるだけでも大きな幸運だ。

さらにアルヴィンは丁寧に段階を踏みながら、ローザに経験を積ませてくれる。夢のような環境で、彼がどうしてそこまでしてくれるのか、未《いま》だにわからない。

けれどローザは、その期待に応えたいと思う。

ローザが決意を新たにしていると、アルヴィンは先ほどのローザの言葉に納得するように頷《うなず》いていた。

「なるほどね。でも君はまだ骨董に触れて日が浅いんだ。今日はオークション会場はこういうものだ、と感じてくれたら充分だ」

こちらの真意が伝わったかはともかく、彼はいつもの淡い微笑で応えてくれた。

ただ、ふいに美しい顔がさらに近づいてくる。

そのままローザの耳元に唇を寄せたアルヴィンは、声量を落としてこう言った。

「下見会では落札したい品物も少なかったし、君の勉強に集中できるしね」

あっさりと離れたアルヴィンは、ようやく硬直するローザに気づいたようだ。

「ん？　耳が真っ赤だ」

確かに、どんな商品を狙っているかはあまり公にしないほうが良いだろう。

周囲に聞かれないために耳元で話したのはわかる。

ただアルヴィンは、どうにも距離が近いのである。

「なん、でも、ございません……そろそろ始まるようですので、席に向かいましょうか」

かじかんでいた耳に、熱がじんわりと巡っていく。

その感覚を努めて無視したローザは、不思議そうなアルヴィンを促したのだった。


オークションは、数日前から準備が始まる。

事前に発行される出品物がまとめられたカタログを購入して下調べをし、出品物を見学できる下見会で物品を検分する。

参加者は一連の準備の中で当日までに真贋《しんがん》と価値を見極め目星を付けて、入札に挑むのだ。

「まず頭に入れておいてほしいのは、オークションでは価値と値段は全く別のものだ」

「どういった意味でしょう……？　オークションというのは、買い手が欲しい金額を提示して、値段をつり上げていくとうかがいました。価値がある物の値段が高くなるのは、正しいです、よね」

席に着いたローザが戸惑いながらも、事前に聞いた知識を確認する。

隣に座るアルヴィンは頷く。

「もちろんだ。ただね、その場にいる人間が欲しいと考えると、極論偽物だったとしても値段は高くなる、ということでもあるんだ。だからローザは周囲に引きずられて自分の価値観を見失わないようにするんだよ」

アルヴィンの囁《ささや》きと前後して、演台に正装をしたオークショニアの男が立った。

そして手に持った象牙色のハンマーで台を叩《たた》き、参加者達の注意を引く。

しんと静まりかえったところを見計らいオークショニアが声を張る。

「紳士淑女の皆様、今回はお集まりいただきありがとうございます。ではこれよりオークションを開始いたします！」

瞬間、ローザは周囲にいた参加者から、ぐわりと熱気が高まるのを感じた。

浮き立つような昂揚《こうよう》だ。

なにがなんでも落とすという意志、不安、今か今かと待つ焦り。

ローザに向けられているわけではないのに、様々な思惑が混ざった感情が全身に襲いかかって飲み込まれそうだ。

怯《ひる》むローザの耳元に、そっとアルヴィンが囁いた。

「いい？　今日の君の目標は、出品された品がいくらで落札されるかを予想することだ。そして、店にふさわしい品物かを見極めること。僕が適正だと判断したら落札してみよう。

先に教えた約束は覚えている？」

アルヴィンの問いかけで、ローザは我に返る。

息を吸って吐いて、事前に言われたことを繰り返した。

「はい、『あくまで売るために買う』ですね。わたし達は骨董店であり、たとえどれだけ素晴らしく美しい品でも、見積もった価値より高くなったら購入は見送るべき、と」

「うん。覚えているなら良い。大丈夫、君の目はだいぶ肥えてきているから。――オークショニアの注意事項も終わったね。始まるよ」

アルヴィンの言葉通り、オークショニアの傍らにある簡素な台に商品が運ばれてきた。

目当てだったらしい参加者達の目つきがわずかに変わる。

載せられたのはキャンドルスタンドのセットだった。

一つの台に枝が四方に伸びた優美な姿をしており、明かりに照らされて表面が金色に光を反射する。それが四つセットで出品されていた。

キャンドルを載せる枝の部分には細部にまで装飾が施されていて、華やかな一品だ。ろうそくを立てると装飾に陰影が付いて、美しく映えることだろう。

アラベスク模様という植物の意匠もあり、青薔薇骨董店に置く条件も満たしている。

参加者の注目が商品に集まっていて、ローザにもとても美しく価値のあるもののような気がした。

「彫刻と装飾の華奢《きゃしゃ》さと華美さからしてロココ様式の物です。ロココの名称は貝殻や小石や岩をモチーフにした装飾『ロカイユ』が由来でした。その貝殻や植物の葉のような、繊細で優美な曲線が用いられるのが特徴ですよね」

「うん、その通りだ。下見会でもロココ様式と説明されていた。では買うかな？」

アルヴィンに問いかけられる間にも、入札は始まっており、どんどん値段がつり上がっていく。見るからに状態も良く美しい品だ。

様々な品を見てきたが、骨董の価値の見極めはまだローザにとっては難しいものだ。

これは参加すべきなのではないかと誘惑に駆られる。

それでもローザは首を横に振った。

「いいえ。青薔薇に並べるには、華美すぎるような気がいたしました。もちろん青薔薇のお客様は女性が多く、花と植物の意匠を求めていらっしゃいます。ですが同時に強い印象がある品は手に取られづらいと感じております。良い品ですが、こちらは見送り、かと」

最後のほうは自信がなく、声は小さくなってしまう。

けれどローザには、このキャンドルスタンドが店内に並ぶ姿が想像できなかった。

店に並べるか、並べないかでいえば、きっと競ってまで落札すべきではないと感じた。

ローザの答えを聞いたアルヴィンは、微笑《ほほえ》みのまま頷いた。

「うん。僕の意見と同じだ。ローザはしっかり勉強しているだけでなく、お客さんのことまでよく見ているね」

その言葉通り、アルヴィンは入札するために使う数字の入ったパドルを上げることなく、入札は終わった。

ローザは安堵《あんど》する。良かったという気持ちだけでなく、胸の内に小さな種が芽吹いたような気がした。

小さいけれど、温かくて、確かなもの。アルヴィンに褒められるたびにローザの胸に育つのは、きっと自信というものなのだろう。

春先に母を亡くし天涯孤独になって以降、ローザはうつむいてばかりだった。けれど、アルヴィンにこうして自分を支える自信を育ててもらった。

彼にもらった分だけ、ローザがちゃんと成長していると証明できるなら嬉《うれ》しい。

だがその自信に浸る間もなく、オークションは続いていく。

「さあ、次が来たよ。今度は磁器の花瓶だね。ローザならどう見る？」

アルヴィンの言葉で我に返ったローザは、再びオークションに集中した。

出品物は銀器のキャンドルスタンドから始まり、陶磁器、家具、彫像、絵画など多岐にわたった。

当然、時にはローザの鑑定がアルヴィンと食い違ったり、見積もった値段が落札価格よりも低すぎたり、高すぎたりした。

実際に「自分が買い、店に置く」という前提で品物を選定することが、どれほど重要なのか実感する。

しっかりと持っているつもりだった価値観でも、周囲の反応や場の空気に大きく左右されるものなのだ。

だからこそ、アルヴィンは見積もりが冷静なだけでなく、駆け引きがとてもうまいことにも気づいた。

けして熱を込めすぎず、競り合う参加者を過度に焦らせないようにしながら、確実に落札する。

自分の見積もった予算を越えたらあっさりと引く。

その決断がどんなに難しいことかは、周囲の参加者を見ていればよくわかる。

ローザの側に座る男性は、先ほど絵画に競り勝ったが、もう一つの目当てだったらしい別の絵画では悔しげな顔で落札を断念していた。

入札の奥深さをローザが噛《か》み締めている間に、オークションは終盤にさしかかる。

次は大型の絵画のはずだが、スタッフによって台に載せられたのは小さな品だった。

会場内が困惑にざわめく中、オークショニアは好奇と期待を煽《あお》るように語った。

「ここで突然ではありますが、飛び入りでの出品物をご紹介いたします。ですが皆様に必ずご満足いただける品でしょう！」

ローザの位置からでは、台の上はよく見えなかった。

ただ、光沢のある生地で作られたクッションに恭しく載せられていることから、装飾品のたぐいなのはわかる。

「こちらのブローチはカンティーユ、フィリグリー技法の細かさもさることながら、あの幻のモザイクゴールド製となっております！　しかも紛れもなくピンチベック社製の合金です！」

その言葉が響いたとたん、会場の反応は二つに割れた。

片方は「モザイクゴールド」と聞いて眉をひそめたり、そもそもがぴんときていなかったりする面々だ。

だが「ピンチベック社製」と聞いた何人か……おそらく宝飾品類を専門とする者達は目の色を変えた。

アルヴィンも知っていたらしく、興味を引かれた様子で灰色の目を細める。

「さらに、幸運なことにモザイクゴールドの発明者であるクリストファー・ピンチベックの正統な後継者、エドワード・ピンチベック本人の手による細工となっております。『妖精に愛された』とも称《たた》えられた超絶技巧で形作られた花々は、まるで本物と見まごうばかりの美しさ。花芯などに使われている宝石は大粒のダイヤです。すべてローズカットになっております！　これほどの品が無傷で流通することは滅多にないでしょう。　これより休憩もかねて、下見の時間とさせていただきます。どうぞ存分にご検分ください」

「ローザ、近くで見てみようか」

促されたローザはアルヴィンの後に続いて、ブローチを見に行った。

見物する人の波が途切れたところで、全貌を間近で見ることになる。

ローザはその存在感に息を呑《の》んだ。

ブローチとしては大ぶりだろう。ローザの手のひらほどもある。

赤みがかった金色のブローチを、まるで花束のようだとローザは思った。

糸のように細く撚《よ》った金属で、花と植物が精緻に表現されていた。

花弁を埋め尽くす曲線の連続は恐ろしく細かく複雑で、人間業とは思えない。

細かな粒が連続する様は、繊細な刺繍《ししゅう》のようだった。

花々の中心に塡《は》め込《こ》まれたダイヤモンドと同じくらい、金属でできた花々も価値があるのだと理解できた。

「飾られているのは、薔薇《ばら》と、ニワトコ……ガーベラ、アネモネ、ダリアでしょうか。ニワトコや、細いダリアの花弁の中まで模様が作られておりますね。このような細かな細工をはじめて見ました」

「今はカンティーユ細工でここまでの作品を作れる職人はいないだろうね。この銅に似た赤みがかった色合いもモザイクゴールドの特徴だし。──『妖精に愛された』職人と言われているのも頷《うなず》ける」

ため息をこぼしたローザは、聞こえてきた言葉にはっと見上げる。

アルヴィンの灰色の瞳が、好奇と興味に輝いていた。

整った容貌の頬が紅潮し、生気が宿ったことでより魅力的になっている。

ローザの顔は、ああ始まったと、やんわりとした苦笑に彩られた。

この国エルギスには、妖精女王との契約によって建国されたという言い伝えがある。

妖精女王の契約を取りまとめた功績で「妖精公爵」と呼ばれる貴族がいるように、各地に多くの逸話が残っている。

ブローチを作った職人の話も、残った逸話の一つなのだろう。

だが産業革命が起きて久しい今では、妖精はおとぎ話の存在として忘れ去られていた。

そんな妖精に「会う」ために青薔薇骨董店を開いたのが、ローザの雇い主であるアルヴィンだ。

彼はひとかけらでも妖精にかかわる品物や現象、事件に遭遇すると、強い興味を示す。

謎を解き明かすまでどんな労力も厭《いと》わない。

妖精に愛された職人が作った今回のブローチは、まさにアルヴィン好みだった。

ローザの予想通り、アルヴィンはオークショニアに質問した。

「なぜこれがモザイクゴールドの本物だとわかったのかな？　ピンチベック社のモザイク

ゴールドは、金の輝きを持つ夢の合金として発明された。その製法は秘伝で、だからこそ多くの贋作《がんさく》が出回ったことでも有名だ。真作の証明はできる?」

「ご質問はごもっともです。「ピンチベック社製の真作だったとしても、証明となるサインが入っていることはきわめて稀《まれ》です。たいていはその細工の出来映えで判断するしかありません。ですがこちらをご覧ください」

オークショニアは、白い手袋を填めた手でブローチを裏返す。示された場所には、ひっかき傷のようなサインが彫られているようだった。

ローザには文字が小さすぎて読めない。

ブローチに近づいたアルヴィンは私物のルーペで覗《のぞ》き込《こ》み興味深そうに目を細める。

「E.P.――エドワード・ピンチベック直筆のサインか。とても珍しいね。父クリストファーから経営を引き継いだ二代目で、自身も熟練の細工職人だったと聞くよ。特に気に入った品にはサインを残したというけど、僕も一度しか見たことがない」

「さすがお客様は詳しい。これで皆様にもおわかりいただけたでしょう。市場に出回ることが稀な一品でございます。ぜひふるってご参加してくだされば幸いで――」

「ではこれほどの品を、あらかじめカタログに載せなかった理由はなんだろうか?」

意気揚々と客に勧めようとしたオークショニアは、アルヴィンの問いに硬直した。

きっと誰もが気になっていながら言及を避けていた疑問だ。

あっさりと口にしたアルヴィンは、不思議そうに小首をかしげる。

「ピンチベック社製のブローチは、目玉になる品だ。ならしかるべき準備の後告知をしたほうが、より参加者が集まり落札価格も高額になると思う。だが参加者達はすでにかなりの金額を支払っているよ。本来予定に組み込んでいなかったブローチの入札に参加したくとも、予算的に厳しい人はいるだろうね」

ローザは参加者達の間に漂う空気が変わるのを感じた。

先ほどまで、思わぬ掘り出し物に出会い、なんとしても競り落とす熱があった。

しかしアルヴィンの言葉で冷静になり、オークショニアへの不満に変わっていく。

特に今回多くの出品物を落札した者達は、恨めしげに睨《にら》んですらいる。

オークショニアや周囲のスタッフ達に動揺が走った。

おそらく参加者達を煽ることで、多少の瑕疵《かし》には目をつぶらせるつもりだったのだろう。

旗色が悪くなったと見たオークショニアは、顔に貼り付けた笑みを収めた。

「こちらとしては、かなりのお値打ち価格で落札できる機会、と捉えていただきたいところなのですよ。ご不満や懸念があるのでしたら、不参加でも我々としては一向に問題ございませんので」

「まさか、ぜひ落札したいと考えているよ。このブローチは実に良い《い》品だからね」

緊迫した空気など感じていないアルヴィンは、いつも通り朗らかだ。

肩すかしを食らわされた顔のオークショニアに、アルヴィンはまるで雪花のような微笑を浮かべた。

「とはいえ、このブローチがなぜ飛び入りで出品されたのかはそれなりに重要だよ。今回のオークションは、質屋が複数集まり在庫品を整理し処分するためのものだ。出品者も参加者も顔見知りが集まっている。その上で飛び入りの出品を認めるくらいなのだから、ブローチを出品した人物は無茶が利くほどのお得意様だろうね」

「……出品者の情報は個人の希望で匿名となっておりますので」

オークショニアは平静を装っているが、ローザは彼がだんだん焦りはじめているような気がした。

「そうだね。君達は顧客を守る必要がある。とはいえ安心して落札するためにも、出品者が大きな利益を諦めてまで性急に出品した理由は知っておきたいと皆が思っているのでは？　単純に金銭が必要になったか、多少の機会損失があっても早く手放さなければならない理由があるのか。どちらかな」

アルヴィンの問いは、声を荒らげず淡々としている。だからこそ、容赦のない追及に感じられたのだろう。

オークショニアは助けを求めるように視線を投げる。

アルヴィンには、それだけで充分だった。

「視線が泳いだ。隠そうとしているけれど、先ほどの雄弁さから比較すれば重い口調は隠しごとがある……というより、君は詳しい事情を知らないのだね。知っているのは——そこにいる男性かな？」

狼狽《うろた》えるオークショニアを置いてアルヴィンが示したのは、舞台の隅に立つ男だ。

五十代くらいのやせぎすな体格をしており、抜け目ない目つきをしている。

ローザには胸元のタイやカフス、ベストから見える懐中時計の鎖に至るまで、かなり高級な品なのがわかった。

突然注目を浴びて動揺する男に、アルヴィンは気さくに声をかけた。

「やあ、先ほどからずっと焦燥をあらわにしているね。ブローチが公開された後、君はブローチではなくブローチを見る参加者達を観察していた。これらのことから君が出品者ではないかと思うのだけど、事情を聞かせてもらえないかな」

いつものこととはいえ、ローザはアルヴィンが周囲をよく見ていることに感心する。

問いかけに、男は明らかに気分を害した様子で声を荒らげた。

「き、貴様いきなりなんだぶしつけに！　このブローチは間違いなく俺が質として受け入れたもので、期限が過ぎたから換金しなきゃなんねえんだ。俺がブローチを売りに出したからって悪いことあるか!?」

「いいや？　全く。むしろこのような品に出会えて感謝したいくらいだ」

気の弱い人間ならば怯《ひる》みそうな剣幕にも動じないアルヴィンに、質屋の男は気勢が削《そ》がれたようだ。

そのふいをつくように、アルヴィンは男を覗き込む。

「けれど、視線が泳いで口元は強《こわ》ばり、眉間に皺《しわ》も寄って身構えているね。嫌悪……これは後ろめたさがある人間に表れやすい反応だ。君の発言と矛盾するね」

「そ、それはお前があることないことべらべらしゃべるからで」

「さらに焦りが強くなった。まるでなにかに追われているようじゃ――」

アルヴィンが不思議そうにつぶやいた矢先、会場の扉が大きく開け放たれる。

なだれ込んできたのは、紺色の制服に頭頂部が丸い帽子を被《かぶ》った警察官達だ。

ローザは彼らを従えている、頭一つ飛び出るほど背の高い男に見覚えがあった。

制服ではなく上等なフロックコートを着て、後ろになでつけられた銅色の髪に山高帽子を載せている。

鷲鼻《わしばな》が特徴的な面立ちをした彼は、セオドア・グリフィスだ。

青薔薇骨董店の入るテラスハウスに住む警部である。

ローザ達を見つけたセオドアは軽く驚き、またかといわんばかりの渋面になった。

だがこちらに声をかけることはなく、オークショニアに向かって要求する。

「この会場にジェフ・ウォーリーはいるか。もし奴が出品した品があれば停止してくれ。

それらは不当な契約で騙《だま》し取《と》られた盗品だ」

スタッフ達は青ざめると、アルヴィンと口論していたやせぎすの男を見る。

それだけですべてを察したセオドアは、つかつかと男に近づいた。

途中、台にあるブローチを横目で確認した彼は、冷や汗を垂らす男に有無を言わさず言い渡した。

「ジェフ・ウォーリーだな。出品されているブローチは盗難届が出ている品だ。署まで同行願おう。ブローチをはじめとしたウォーリーの出品物は押収する」

がっくりと肩を落とすウォーリーが、手錠をかけられて連行されていく。

「俺達はもう少しで盗品を摑《つか》まされるところだったのか」

誰かのつぶやきが、会場内に浸透する。

とたん、すでに落札していた参加者はスタッフ達へ詰め寄りはじめた。

会場が騒然となる中、スタッフが警察官の指示でブローチを会場裏に持ち去っていく。

その様を見送ったローザとアルヴィンは、顔を見合わせるしかなかったのだった。

＊

冬が深まり年の瀬が近づくと、エルギス各地は聖人の降誕を祝う聖誕祭の準備で街全体が明るくなる。

首都ルーフェンも例に漏れず、聖誕祭の雰囲気で賑《にぎ》わっていた。

広場には長靴やろうそく、各種の小物やプレゼントの箱が飾られたもみの木がそびえている。道には青々としたもみの木が満載された荷馬車が通り過ぎ、店先には聖誕祭に贈り合うカードや、キャンディ包みに似たクラッカーが並ぶ。

肉屋ではごちそうの定番である、七面鳥の予約を呼びかける声が賑やかに聞こえた。

市場では聖誕祭には欠かせない、プディングの材料を買い集める婦人の姿が見られる。

友人と楽しげに話す婦人達は、風が吹くと眉をひそめハンカチで鼻を上品に覆う。

その理由はローザの鼻にもすぐに届いた。

腐った卵に似た臭いは、ルーフェン名物の悪臭だった。

暖炉や調理のために石炭を多く燃やすようになると生じる煙が、大気に混じっている。

冬になって濃厚なポタージュのような濃霧は減ったが、それでもこの鼻に付く独特の刺激臭はルーフェンにいればなじみ深いものだ。

「ルーフェンはこの臭いがなければ良い街なのに」

苦笑いを浮かべながら、そのように話す身なりの良い婦人達が通り過ぎる。

彼女達は見向きもしなかったが、路地の暗がりからは手回しオルガンの間延びした音楽が陽気に響いていた。

ローザが路地を覗《のぞ》いてみると、子供に囲まれる箱を持った男がいた。

「さあさ、これから始めるのは聖誕祭にちなんでプレゼントをもらい損ねた子供の……」

「んなドジ踏んだ間抜けなガキの話なんてつまんねーよ！　ロビン・グッドフェローやって！」

「妖精女王と騎士の出会いがいい！」

「全く……せっかくの聖誕祭なのに、わかった！　わかったよ坊主達！　代わりにちゃんと金を払えよ！」

「アンタの腕次第だね！」

子供達から非難と注文を付けられた興行主は、たじたじになりながら取り出した薄い透明な板を素早くセットした。

「これからこの魔法のマジックランタンから現れるのは、半妖精のパックの物語だ！　陽気でいたずら好きで根は優しい！　その名はロビン・グッドフェロー！　こんないたずら好きになっちゃいけないぜ！」

興行主の男が陽気に宣言し、箱に素早く明かりを入れる。

すると、箱を向けた壁がぱっと明るくなり、華やかな金髪の小柄な少年が映し出された。

少年の背には蜉蝣《かげろう》のような羽がある。

いかにもいたずら好きそうな雰囲気をした彼に、子供達からは歓声と拍手が上がる。

聖誕祭をはじめとした祭りの時期になると、よく見られる路上興行だ。

薄汚れて服にも継ぎ当てが目立つ子供達は、興行主の抑揚がついた語りに耳を傾けながら、壁に映された絵を夢中で見ている。

ローザには原理もわからないが、労働者階級としてクリーニング店に勤めていたときにも横目に見たことがある。

寒さに震えていた日々からかなり時が経《た》った気がするが、まだ一年にもなっていない。

今のローザはウールのしっかりとしたコートを着込めるようになった。

以前は余裕がなくて観《み》られなかった興行を観てみるのも良いのではないか。

そう考えて一歩踏み出しかけたが、自分が抱えた包みを思い出す。

中身は今日食べるためのパンの他に、干しぶどうをはじめとしたドライフルーツの袋が入っている。

ローザもお世話になっている雑役婦のクレアの頼みで、お使いに出ていたのだ。

他にも通りかかった文具店で買った聖誕祭カードがあった。

ルーフェンでは、聖誕祭当日までに親しい人へ感謝を込めてカードを贈る習慣がある。

まだ母が生きていた頃は、それぞれに手作りをしたカードを交換し合ったものだ。

一人になってしまったけれど、贈りたい人の数は増えた。

こんな穏やかで楽しみな気持ちでカードを買えるのは、青薔薇骨董店に来てからだ。

ふと、以前住んでいたアパートで仲が良かったミーシアが思い浮かぶ。

彼女は元気にしているだろうか、カードを贈るくらいなら許されるだろうか。

そのように悩むのも聖誕祭の楽しみだ。

貧富の差がある階級社会でも、同じ祭りを楽しみにできる。

この半年で環境が激変したが、変わらない楽しみはほっとすることだった。

ローザは足取りも軽くノッティングチャーチストリートから一歩路地に入り、青薔薇の裏口に回る。

扉を開き、半地下の中庭に降りた先はキッチンに続く裏口だ。

小さく開けられた窓から香ばしさと甘い匂いがふんわりと漂ってきて、ローザは期待に胸を高鳴らせる。

室内に入ると、冷たい頬が暖かな熱に包まれた。

オーブンを覗《のぞ》き込《こ》んでいたのは、五十代のふくよかな女性、この青薔薇骨董店の雑役婦であるクレア・モーリスだ。

「クレアさん、おまたせしました。パンとドライフルーツです」

「まあ、ローザさんお帰りなさい。お使いをしてくれてありがとう。聖誕祭のお菓子を仕込んでいたら、まさか肝心のドライフルーツが足りなくなるなんて思ってなかったのよ。ミンスパイのミンスミートはもちろん、プラム・プディングがなければ聖誕祭じゃないでしょう？　でもよりにもよってローストを作っちゃっていて火から目が離せなくて……ごめんなさいね」

切れ目なく話すクレアから申し訳なさが伝わってきて、ローザは買い物の包みを渡しながら、首を横に振った。

「いいえ、大丈夫ですよ。お使いのついでのでしたし、昼食と夕食を作ってくださっていたのですから。それで、お料理のほうはいかがでしたでしょうか」

香りに我慢できなくなったローザが聞くと、得意げな顔をしたクレアはミトンを塡《は》めた手でオーブンを開いた。

湯気と共に中から取り出されたのは、色よく焦げ目が付いたローストポークだった。

傍らには山盛りのローストポテトも焼かれていて、ポークから出た肉汁を吸ってつやつやしている。

「ばっちりよ。鍋にアップルソースがあるから、夜には切った野菜をゆでて添えてね」

「わあ！　おいしそうです。いつもありがとうございます。クレアさん」

「あと、今日のおやつにアップルクランブルも作ったのよ。温かいうちにアルヴィンさんに持っていってあげて」

アップルクランブルは、食べやすくカットしたりんごに砂糖とバターを絡め、その上に小麦粉にバターをすりつぶして混ぜたクランブルという生地を載せて焼いたデザートだ。

クランブルはクッキーに似た食感でほろほろとしており、とろとろに焼かれたりんごと一緒に食べると絶品である。

簡単で素朴な焼き菓子だが、クレアが作ると世にもおいしいひと品になる。

思わずつばを飲み込んだローザに、クレアはにっこりとした後、眉尻を下げる。

「ほらオークション？　だかなんだかに行ってから、妙に残念そうだったでしょ。あんなアルヴィンさんも珍しいから、甘いもので忘れさせてあげるといいわ」

クレアもアルヴィンの変化に気づいていたのか。

驚くローザに、彼女は愛嬌《あいきょう》のある仕草でパチンと目をつぶった。


ローザは湯気の立つアップルクランブルの皿とお茶を盆に載せ、足取りも軽く簡素な半地下の階段を上る。

バックヤードの扉から店へと入ると、視界は華麗な植物と妖精の品で埋め尽くされた。

天井から垂れ下がるのは、ブドウの実と蔓《つる》をモチーフにしたシャンデリアだ。透明なブドウの実が光を反射して、つやつやと輝いている。

その下に並ぶのは本だ。金箔《きんぱく》が押され、極彩色の花々が描かれた表紙が見えるように並ぶ姿は圧巻だ。

本を支えるブックスタンドはブロンズ製で、愛らしい顔立ちをした小人達が本を支える姿がユニークである。

表通りから見える位置にある出窓のディスプレイには、小さなもみの木が飾られ、妖精達が戯れている。

美しい品々を飾る家具などの調度品に至るまで、植物と妖精の意匠で満ちた空間を見渡せる位置には、重厚な机と椅子がある。

座っているのは、この美しい空間に負けず劣らず美しい青年、アルヴィンだった。

ローザが現れると、アルヴィンは眺めていた手紙から顔を上げた。

「おかえり、ローザ。プディング用のお使いは終わったんだね。おや、クレアはおやつを作ってくれたのかい？」

アップルクランブルを見ての問いに、ローザは頷《うなず》く。

「ただいま戻りました。アップルクランブルですから、温かいうちにいただきませんか」

「紅茶も準備してくれたのか、では休憩にしよう」

さっと立ち上がったアルヴィンは、暖炉の前にある応接テーブルを準備してくれた。

石炭が燃える暖炉の前で、向かい合って座る。

ローザは、早速クランブルと一緒にりんごを頬張った。

じっくりオーブンで焼き煮されたりんごはまだ温かい上に柔らかく、酸味と甘みが噛《か》むたびに口の中にじゅわりと広がる。

クランブルはバターの香りも濃厚で、さくさくとした食感もまた楽しい。

しみじみと味わってから、ローザはアルヴィンに問いかけた。

「アルヴィンさん、先ほど見ていらっしゃったお手紙は、例のオークションからだったようですが……」

「そうだよ。盗品を販売しかねない事態に巻き込んで申し訳なかったという謝罪と、経緯の説明だったね」

アルヴィンはクランブルを一口食べながら答えてくれた。

「ジェフ・ウォーリーは盗品をなるべく早く換金して処分したかったようだね。警察が迫っていることに気づいたから、オークションハウスに持ち込んだ。今回のオークションハウスは彼とかなり懇意にしていたから、融通を利かせてしまったようだ」

「確かオークションハウスや古美術を扱う者は、盗品の返却を求められたら無償で応じなければならない、のでしたよね」

「さらに言うなら、盗品を見つけた場合は警察に通報しなければならない。もし知らないまま購入して、後に盗品だと発覚したら、僕達は大損をしていた。損する前に相手が捕まって運が良かった」

運が良《い》い。

アルヴィンは妖精界に迷い込んで戻って以降、異様に幸運に見舞われるようになったのだという。

彼の側にいて「幸運」を何度も目にしているローザでも、まだまだ驚くことが多い。

ただ、今回はその幸運もアルヴィンにとってはあまり良いものではなかったようだ。

「損はしなかったけれど、あのブローチは手に入れたかったな」

彼が眉尻を下げて少々残念そうにつぶやくのはとても珍しい。

アルヴィンはとある事情で感情が人より希薄で、好悪や執着を見せることが稀《まれ》だ。

いつも微笑《ほほえ》んでいるのは、無表情でいるより他人に不審がられにくいからだと教えられたこともある。

あのブローチは青薔薇骨董店によく似合いそうな品だったが、そういったものは今までもあったはず。

「アルヴィンさんがそれほど気にされるのも珍しいですね。あのような品をお求めのお客様がいらっしゃいましたか」

アルヴィンは客の要望で、特定の意匠や技法が使われた品を探すことがあった。

彼が品を探しはじめると、不思議と手に入ることが多いため、常連客が頼りにして相談に来るのをローザは何度か目にしている。

だからこれほど惜しんでいるのかと思ったのだが、ティーカップを傾けるアルヴィンは不思議そうに答えた。

「いいや？　あのブローチは君によく似合いそうだったから、飾っても身につけても良いと思ったんだ」

ローザは思わぬ話に一瞬理解が遅れた。

「わたしが身につけるためですか。妖精に愛された職人の品が気になるからではなく？」

「うん。あれ、顔が赤いね。羞恥の反応に似ているけれど、どうしたの」

アルヴィンに指摘された通り、ローザは自分の頬が火照るのを感じていた。

もちろん、暖炉の熱に当たっていたからではない。

彼の情動はとても薄く、言葉に他意やおべっかは混ざらない。

だからこそ、すべて本気の言葉で、ごく当たり前のように言われてしまうと、ローザはどうしても狼狽《うろた》えてしまう。

妖精のように美しい人だから困ってしまうのだと自分に言い聞かせても、今回はそう――とびきり、たちが悪い。

「アルヴィンさんが思わぬことをおっしゃるのに驚いたのです。わ、わたしはこの店の従業員ですから、あれほどの品を身につける必要は、ございません」

火照りが引かない頬が恥ずかしくて、ローザは顔を背けながら答える。

アルヴィンはゆっくりと瞬《まばた》いた。

まるで「ローザには必要ない」と言われてはじめて気づいたようだった。

「それはそう、だね。君は従業員なのだから、形見のロケットのように隠しておかないと、お客さんに売り物だと勘違いされてしまうかもしれないね」

「はい、商品の展示の一環として身につけることは今までもございました。ですが、アルヴィンさんがおっしゃったのは、そういう意図では、ございません、よね？」

「うん、そうだね。その通りだ」

納得した様子のアルヴィンは、なぜか自身の胸元に触れた。

アルヴィンの仕草に困惑が滲《にじ》んでいるように感じられて、ローザは気になった。

そういえば、最近そのように胸を確かめるような仕草をよく見る。

「アルヴィンさん、胸がどうかなさいましたか」

「ううん。なんでもない。……君に身につけてもらうためでなくとも、妖精に愛された職人の作品だ。ぜひもう一度じっくり確認させてもらいたかったね」

アルヴィンらしい言動に戻った。

ようやく気が緩んだローザは、足下にまとわりつく感触に気づく。

下を見ると、灰色の毛並みをした猫がいた。

この家に住み着いている猫、エセルだ。

しっぽを振り回したエセルは、「なあん」と訴えかけるように一声鳴いた。

不満とも、どこか残念ともとれる雰囲気にローザは戸惑う。

しかしローザが手を伸ばす前に、エセルはとぼとぼと去っていってしまった。

エセルとはそこそこ仲が良いとローザは考えているが、猫らしく気まぐれに去っていくこともありはする。

それでも、どうしたのだろうとローザがエセルのしっぽを見送ったときだった。

カラン、とスズランのドアベルが店内に響いた。

来客の合図に、ローザは反射的に立ち上がって入り口を見る。

店に入ってきたのは、若い女性だった。十八歳のローザより二、三歳年上だろう。

明るい茶色の髪を結い上げ、地味な帽子を被《かぶ》った彼女は、きりりとした眉が印象的だ。少々強《こわ》ばった面立ちはきつめに感じるが、鼻のあたりに散るそばかすに愛嬌がある。

なにより、彼女が店内を見渡したとたん、その瞳が生き生きと輝いた。

その気持ちは、ローザにもよくわかる。

はじめてこの植物と妖精で溢《あふ》れた店内を見たときには、あまりのまばゆさと美しさに別世界に来たようだと思ったものだ。

彼女が着ているのは、幾何学模様のプリントがされた色の濃い生地のドレスだ。スカートはバッスルのシルエットだが膨らみは控えめだ。

暗色のコートはウール製だろう。着古されてはいるが手入れは行き届いていた。服装からして、中流階級《ミドルクラス》以上だろう。

まずは挨拶からだと、ローザは彼女に体を向けると、軽く膝を曲げた。

「ようこそ青薔薇骨董店へ。休憩中で失礼いたします。ご要望がございましたら、どうぞお声がけください」

女性ははっと我に返ったが、ローザを見るとこぼれんばかりに榛色《はしばみいろ》の目を見開いた。

自分の目を疑うような動揺が感じられて、むしろローザのほうが戸惑う。

「あの、お客様……？」

「あっごめんなさいっ、あなたがおばあちゃんの若い頃に似ていたものだから驚いちゃって……ひえっ⁉」

我に返って説明した女性は、ローザの奥にいるアルヴィンに気づくと再び硬直する。

店にはじめて来た女性が、アルヴィンを見て驚くのはよくあることだ。

星屑《ほしくず》が散った銀髪に、繊細に整った浮き世離れした美貌で、わざわざアルヴィンを見るためだけに来る女性客もいるくらいだ。

そんな女性が彼に心を奪われたり、顔を赤らめたりするのは何度も見てきた。

ローザにとってアルヴィンに対する彼女の反応は見慣れたものだからこそ、ローザに対する彼女の反応はとても珍しい。

「ほ、本物の妖精みたいに綺麗《きれい》な人、はじめて見た」

「よく言われるけれど、君は？」

謙遜するわけでもなく、肯定したのはアルヴィンだ。

直接話しかけられた女性はさらに顔を赤らめるが、たどたどしいながらも話しはじめた。

「あ、あの、何度も失礼を、すみません。私は、カトリーナ・コリンズです」

「はじめまして。僕は店主のアルヴィン・ホワイトだ。アルヴィンと呼んでほしい」

「ひえ、顔がとてもいい……ではなく！」

自分の頬をぱん、と軽く叩《たた》いたカトリーナは、意を決した顔で切り出した。

「あなたが、ジェフ・ウォーリーが処分しようとしたブローチを競り落とそうとされた、とお聞きしました」

「もしかして、カンティーユとフィリグリー細工が素晴らしかったブローチかい」

アルヴィンの問いにカトリーナは頷いた。

次いで彼女がスカートのポケットから取り出したのは、平べったい箱だ。

蓋を開け中に入っていた布を外すと、そこにはオークション会場で見た花束のようなブローチがあった。

「まずはありがとうございました。そして迷惑をかけてごめんなさい。このブローチは祖母の持ち物であるパリュールのセットの一つでした。チャーリーが……いえ従兄が盗んで質に入れてしまったんです」

一瞬悔しげにするカトリーナに、アルヴィンは片眉を上げた。

「ほう、パリュールかい？　つまりブローチと同じ意匠でネックレスやブレスレット、ティアラやイヤリングがあるんだね？」

ローザは「パリュール」という単語から、頭の中からアルヴィンに教えてもらった知識を引っ張り出す。

パリュールとは、芸術と文化で名高いフィンス国の古い言葉で「装飾」を意味する。

その語源の通り、同じ意匠で作られた複数の装飾品のことをいうのだ。

今から百年以上前の宮廷時代に流行《はや》り、一点ものとして製作依頼されるため、質の良いものが多い。

アルヴィンの確認に頷《うなず》いたカトリーナは、強ばった表情で続けた。

「その上でお聞きしたいのですが……このブローチに値段を付けるとしたら、どれくらいになるでしょうか」

アルヴィンは灰色の瞳を細めて微笑んだ。

まるで妖精が意中の相手を見つけたような美しい微笑に、カトリーナが息を呑《の》む。

「少し時間がかかりそうだ。待っている間に、紅茶とアップルクランブルはどうかな？」

ただ、アルヴィンのことをよく知っているローザには、その微笑が「これはとても幸運だ」と言っているように感じられた。

一章　冥界の香りとイヤリング

ローザは応接スペースに、カトリーナの席を作った。

紅茶とアップルクランブルを出すと、彼女のお腹《なか》からぐぅと音がする。

「あっ……ごめんなさい。ありがたくいただきます」

赤面したカトリーナは早速フォークでアップルクランブルを掬《すく》い口に運ぶ。

とたん、ぱあっと表情が輝いた。

「おいっしい……！　シナモンの甘い香りが口いっぱいに広がって幸せな気持ちになるわ。りんごの酸味がきりりと引き締めてくれるのね。甘酸っぱいだけじゃなくてクランブルがアクセントになっているから、いくらでも食べられてしまいそう！」

「お口に合って良かったです。作ってくださったクレアさんも喜びます」

ローザはお礼を言いながらも、内心感心していた。

幸せそうに語るカトリーナの表現は、もう食べ終わったアップルクランブルの味を鮮明に思い起こさせるのだ。カトリーナはそれだけ感動してくれたのだろう。

自分のことではないとはいえ、クレアが褒められると嬉《うれ》しい。

ローザがはにかむと、カトリーナはまじまじとローザを見つめた。

「うん、似てるけど、やっぱり全然違うわね。おばあちゃんはもっと気の強い怖い顔をしていたもの。こんな綺麗《きれい》な青い瞳をしているし……うん、物語の登場人物になったらきっと、不遇な境遇でもけなげに生きてヒーローに見出《みいだ》される青薔薇の精霊のような、人とは違う高貴な生まれの役が似合うわね」

「!?」

今までにされたことのない形容に、ローザは目を点にして硬直する。

カトリーナはローザの動揺には気づかず、足下を見て目を輝かせる。

「わあ猫！　かわいいっ！　銀粉の散ったみたいな灰色の毛並みと金色の瞳が幻想的ね。あなたはさしずめこのお店の守護妖精かしら。お話にするなら陰ながら気に入った人を守っている、とかかな？」

彼女がエセルに歓声を上げると、エセルは珍しく引け腰になる。

耳を畳みしっぽをきゅっと丸めると、後ずさって去っていった。

カトリーナはようやく我に返ったようで、口を押さえて決まり悪そうにする。

「しまった、また考える前にしゃべっちゃったわ。ごめんなさい店員さん、変なこと言って！　職業柄ちょっと想像が広がりがちで、あくまでたとえなのよ。気分悪くしたかな」

「大丈夫です、少し驚いただけですから」

大慌てで謝るカトリーナを宥《なだ》めたローザは、むしろどのような職業だとそのような言葉が出てくるのか気になった。

だがそれを問いかける前に、興味深そうにアルヴィンが話しかけていた。

「一般的に初対面の人間に話す事柄ではないかもしれないけど、ローザを『青薔薇の精霊』と称するのはぴったりだと思うよ。彼女はこの店の青薔薇だからね」

アルヴィンの補足するような言葉に、ローザの頬が火照る。

確かにローザはアルヴィンに「青薔薇のよう」と称されて雇われた。

とはいえ、改めて他人の前で明言されると、嬉しさよりも羞恥のほうが勝ってしまう。同意されたほうも困るだろう。

ローザの予想に反して、カトリーナは嬉しそうに手を合わせると前のめりになる。

「じゃあ彼女の着ているドレスが青い薔薇《ばら》のようなのも偶然ではないのね。この華やかなお店の中でも見劣りしないいし、命を持って咲いているような姿はおとぎ話や妖精譚《ようせいたん》に出てきそう。所作がとても綺麗で、しかもお店でしっかりと働いているのが素晴らしいことだわ」

ローザは彼女の言葉で、ローザを中上流階級《アッパーミドルクラス》の令嬢だと勘違いをしていることに気づいた。

裕福な家の令嬢は良き妻、良き母となるよう家の中で育てられる。だから外に働きに出て収入を得るという発想すらなく、むしろ女性が働くことを卑しむ風潮がある。

ローザは労働者階級《ワーキングクラス》出身で、男女関係なく働くことが当たり前だった。

だから理解ができないとはいえ、そういうものなのは知っていた。

ただ中流階級《ミドルクラス》以上らしいカトリーナは働いていることに言及したが、彼女の言葉や表情には、はっきりとした賞賛がある。

身分ある女性に見えるのに、働くことに忌避感がないのは意外だった。

ローザがまじまじと見返すと、カトリーナは少々照れくさそうにした。

「実は私も家を出て働いているから、あなたみたいに働いている人を見て嬉しくなってしまったの」

嬉しげに言われてしまって、ローザは自分が元労働者階級だと伝えづらくなった。

女性が働いているのを見るだけでほっとしてしまうくらい、彼女の周りには働く女性が少なかったのだろう。その喜びに水を差すのは気が引けた。

幸か不幸かローザが答える前に、カトリーナの視線はアルヴィンに移った。

「あっあなたも本当にお美しいですね……こんなに美しい男性をはじめて見ました。そうね……身分を捨てて市井に身をやつし、なくしたものを探して放浪する吟遊詩人のような寂しさも感じさせるわ」

ローザは明言せずにすんでほっとしながらも、そのたとえがまるでアルヴィンの来歴を語っているようでどきりとした。

とはいえ、彼女の語り口は純粋で、本当にただのたとえ話なのだろう。

独特の感性を持った人だ、とローザは思いつつ、持ってきた椅子に腰掛ける。

アルヴィンはカトリーナの言葉に少し眉を上げたがそれだけだった。

「君みたいに真《ま》っ直《す》ぐ言う人はあまりいないね。それで、このブローチだけれど」

テーブルに置いた箱をアルヴィンが指し示す。

本題に入るのだと理解したカトリーナが、背筋を伸ばした。

「ピンチベック社製の見事なモザイクゴールドのブローチだ。しかもダイヤモンドの粒も大きく質が良《い》い。なにより素晴らしいのはカンティーユやフィリグリー細工だね。手のひらに収まるほどのブローチの中に、六つもの花が精密に形作られている。これほど細かく盛り込んで破綻のない姿は、間違いなく職人の美的感覚と腕が優れていたからだ。以上のことから、価格としてはブローチ単品ならこれくらいだ」

アルヴィンは万年筆でさらさらと書き込んだ紙を差し出す。

覗《のぞ》き込《こ》んだカトリーナは、ごくりとつばを飲む。

ローザも見ると、この店で取り扱う宝飾類の中でも上位に位置する価格だ。

ただ、そのせいかカトリーナが気圧《けお》されて戸惑っている。

アルヴィンの淀みのない解説は詳しくわかりやすいが、慣れていない人には口をはさみにくい。そんなとき、客の感情が取り残されないようにするのもローザの役割だ。

ローザは彼女に声をかけた。

「コリンズ様、わからない部分がございましたら、ぜひおっしゃってください」

すると、カトリーヌは若干ほっとしたようで、おずおずと問いかけてきた。

「じゃあ、モザイクゴールドとピンチベックってなにかしら。モザイクゴールドって、金のまがい物ってことでしょう？　なら、なんで本物の金みたいに金額が高くなるのかな」

ローザも気になっていた部分だった。

アルヴィンを見ると、彼は即座に応じた。

「確かに、現在モザイクゴールドは、金のまがい物の意味で使われている。けれど約百年前に金鉱脈が発見される前は、金は今以上に貴重だったんだ。それでも金の輝きに魅了される人々は後を絶たない。そのような要望に応えクリストファー・ピンチベックが開発したのが、金のような輝きで金より丈夫な夢の合金、モザイクゴールドだ。この技術の価値を知るには、そうだな……」

アルヴィンは一旦立ち上がると、宝飾品の陳列から一つブローチを持ってきた。

「カトリーナ、両手を出して。そして動かないようにね」

「えっ、えっ。ひゃっ!?」

いきなり名前を呼ばれて驚きながらも、カトリーナは両手を広げた。

アルヴィンは彼女の手にそれぞれ絹のハンカチを広げると、二つのブローチを載せた。落とさないようにバランスを取ったカトリーナは、はっとした顔をする。

彼女の動揺などどこ吹く風で、アルヴィンは説明を続けた。

「今君の左手に載せたのが、十八金が使われた同じ大きさのブローチだ。十八金というのは、金を七十五パーセント含有している合金のことを指す。二十四金、つまり純金だと柔らかく傷つきやすいから、細工物には十八金が使用されることが大半だ。このあたりは蛇足だね。さあ、カトリーナ。持ってみての感想は？」

「おばあちゃんのブローチのほうが軽い。どうして!?」

「それがモザイクゴールドの最も優れた点だよ。金と比べても遜色ない美しい色味に加え、軽く身につけていても疲れづらい、というのは宝飾品の地金として大きな利点だ」

確かにローザから見ても、花束のブローチは隣の金のブローチより若干赤みがかっているか？　という程度だ。

輝きやその深みのある色彩に、なんら遜色はないように思える。

驚くカトリーナの反応に、微笑《ほほえ》んだままのアルヴィンは続けた。

「この合金の製法は開発者のクリストファー・ピンチベックと、その息子であるエドワードのみしか知らなかった。彼らが亡くなると、製法は歴史の海に消えてしまったんだ。その輝きを他社がこぞって再現しようとしたけれど、ピンチベック社のモザイクゴールドと並び立つ品質のものはついぞできなかった。だからモザイクゴールドの中でも、ピンチベック社の物であれば価値が段違いに変わるんだ」

「欲しがる方々がいらっしゃるから、価値が生まれるということですね」

ローザは骨董店《アンティーク》での業務の合間に、アルヴィンから骨董《こっとう》についての知識を学んだ。

骨董の価値は　希少性、優れた作品性、知名度、製作年代、保存状態――そして人気度で決まる。

多くの求める人間がいる中で、現存する作品点数が少なければ値段がつり上がる。

その心理を利用したのが、ローザも経験したオークションだ。

「ローザ、その通りだよ。中でも二代目となるエドワードは『妖精に愛された職人』と謳われたほどの巧みな技術を持っていた。彼の作品はピンチベック社で作られた作品群の中でも人気が高い。このエルギスの女王アレキサンドラ陛下のご親族もピンチベック社製のモザイクゴールドを使用した時計を所有されているというよ」

「確かに、綺麗だとはずっと思っていたけど。全然知らなかったわ……」

呆然《ぼうぜん》とするカトリーナの手から、二つのブローチを回収したアルヴィンはさらに語る。

「それだけではないよ。君は先ほどこのブローチを『パリュールの一つ』と言っていたね。パリュールの他のセットも揃《そろ》っているのかな。セットを収める箱はある？」

「えあっええと、一応あり、ますけど」

「素晴らしいね」

歯切れの悪い返事のカトリーナに、アルヴィンはうっとりとするような微笑になる。

「パリュールは宮廷時代に、女性のステータスとして作られたアクセサリーだ。同じ意匠のものが一揃い整った状態が最も価値が高まる。さらに製作当時の専用の収納箱があれば、来歴や時代を証明する手がかりにもなる。ジュエリーの状態にもよるけど、箱付きのパリュールならば、今提示した金額の十倍は出しても良い」

「じゅっ……!?」

ことさら美貌を輝かせるアルヴィンの言葉に、カトリーナは絶句する。

ローザも驚いたが、骨董の価値の奥深さは実感していたので落ち着いていられた。

動揺するカトリーナに、アルヴィンは身を乗り出した。

「それで、本題だ。君はオークションや警察経由で僕が欲しがっていたと知っていた。その上で、値段が知りたいのなら、これを僕に売ってくれるのかな。ならばパリュールごと売ってくれたら嬉《うれ》しいのだけど」

淡い微笑を浮かべるアルヴィンに本気を感じたのだろう、はっと上げたカトリーナの表情は強《こわ》ばっていた。

「それは……その……」

言葉を探すように口を開いて閉じる姿は、ためらいなのだろう。

さらにローザは、カトリーナの表情に後ろめたさがあるように思えた。

骨董を売りに来る客も様々で、事情がある者も少なくない。

ただその表情がローザの胸に引っかかる。

沈黙の後、カトリーナは首を横に振った。

「売るつもりは、ないんです。ブローチとパリュールに、どれだけ価値があるか知りたかっただけなの。――それに、ブローチは私のものだけれど、セットのアクセサリーの全部が私のものではないから」

「おや残念だ」

素直に引き下がったアルヴィンに、カトリーナがあからさまにほっとする。

ローザは事情があると察したが、さすがにぶしつけだろうと尋ねることはしなかった。

きゅっと口を引き結んだカトリーナは、花束のブローチに視線を落とした。

「このブローチを含めたパリュールは、先月亡くなった祖母のエスメ・コリンズのものなの」

「亡くなられて……、お悔やみ申し上げます」

「ありがとう。私は最近おばあちゃんにも会っていなかったから、まだ実感がないんだけれどね」

ローザの弔辞に、カトリーナは慣れた調子で返事をする。

その様子はやりとりを何十回と繰り返したことを感じさせた。

「おばあちゃんはパリュールを『花嫁のパリュール』と呼んでとても大事にしていたわ。なんでも金細工師が花嫁の幸せを願って作って、妖精の……パック？　に花嫁の守護を頼んだそうよ。だからこのパリュールを身につけて結婚式を迎えた女性は、幸せになれるのだって。だからあなたから『妖精に愛された職人』って言われてると聞いて、ほんとに驚いた」

まずい、とローザが思ったときには、アルヴィンの灰色の目が輝いていた。

「ほう、妖精パックの守護がかかったパリュールか。ちなみに、そのパックの守護が発動した逸話などは伝わっているのかな」

カトリーナはまさか大まじめに受け取られるとは思わなかったのだろう。

戸惑いながらも答えた。

「えっえっと……確か意に添わない婚約を迫られた女性の話があったわ。式前に相手が事業の不正を暴かれて夜逃げした結果、ずっと慕っていた男性と結婚できたらしいの。正当後継者ではない人間が無理矢理取り上げたときには、なぜかパリュールがひとりでに戻ってきたとか。しかも犯人が『パックに襲われたんだ！』と錯乱していたらしいの」

明確に、いくつも挙げられるパックの話にローザは驚いた。

ただ語るにつれてカトリーナの表情が曇っていく。

「他にも逸話はあるけど、最後に幸せな結婚をしましたで締めくくられているわ。……それ以外に幸せの選択肢はないのって思ったけど」

ぼそり、とカトリーナが最後につぶやいた言葉は、きっとアルヴィンには届かなかっただろう。

アルヴィンは恋をする乙女も恥じらうほどの幸福そうな笑みを浮かべて、カトリーナの手を握ったからだ。

「このように具体的で独自性のある逸話に出会えるとは思わなかった。ありがとう」

「はははい!?」

顔を真っ赤にするカトリーナなど、アルヴィンは目に入っていない。

「パックは悪い妖精ゴブリンやプーカなどと同一視されることも多い。けれど、その陽気で気ままでいたずら好きな性格から多くの創作者に愛された妖精だ。様々な創作に登場したからこそ、様々な性質を付与されている。一般的には、変幻自在に姿を変える力を持つとされる実にユニークな存在なんだよ」

「多くの作家に愛されたユニークな妖精……？」

「ああその通り。民間伝承を踏襲しているものから、名前だけ借りた全くの創作物まで。本物の伝承かを見極めるのすら難しいほど多くある。固有の名前を持つパックの中で最も有名なのは、ロビン・グッドフェローだろうね」

「ロビン!?　パックにロビンって奴がいるの!?」

面食らうばかりだったカトリーナの顔つきが、なぜか興味に変わった。

質問されたアルヴィンは微笑を深める。

「約二百年前に名前が登場するよ。それ以前に存在した可能性もあるけれど、名前が確認できるのは、当時出版された呼び売り本でだ。その中では人間と妖精の間に生まれた子供だといわれ、妖精がするいたずらは全部した。たまりかねた母親の元から家出したロビンは、妖精の父親に出会い、手に持てば自在に姿を変えられる金の巻物を授けられた。それからは父親の言葉を守り、良《い》い使用人を助け、悪い盗《ぬす》っ人《と》を懲らしめる愛される妖精になったというね」

そこで一呼吸を入れたアルヴィンは、期待に満ちたまなざしをブローチに注いだ。

「今回のブローチをはじめとしたパリュールにまつわるパックの物語は、『善良な花嫁に幸福をもたらす』という部分がユニークだ。骨董品の価値を作るのは、その物が持つ物語だ。このブローチをはじめとしたパリュールは、求める者にとってはこれ以上なく価値があるものだよ。しかも実在の人物から連なる伝承が受け継がれていることがとても貴重だ。ふむカトリーナ、ミズ・エスメはどういった経緯で前の持ち主から譲り受けたと――」

「アルヴィンさん、コリンズ様が驚いていらっしゃいますから、一旦それくらいにいたしましょう」

ローザは彼の肩に手を置いて、迫りかねない彼を引き留める。

我に返ったアルヴィンは、カトリーナが身を引いているのにようやく気づいたらしい。

「どうやら驚かせたようだ。すまないね」

「い、いいえ……こんなおとぎ話を馬鹿にしないの？」

「もちろん。そもそも僕は妖精学者《フェアリースコラー》で、この店は僕が妖精にまつわる話を集めるために開いているんだ」

落ち着いたカトリーナは、酷《ひど》く真剣な顔になった。

「もしかして、幽霊にも詳しい？」

「いいや全く興味ない」

間髪入れない返答に、勢い込んだカトリーナは面食らったようだ。

「どうして⁉　幽霊も妖精も同じ目に見えない不思議な存在でしょ！」

「勘違いしないでほしいのだけど、妖精と幽霊は違うものなんだ。このエルギスで、幽霊は天国にも地獄にも行けずに、未練を残した霊魂が地上に留《とど》まった姿とされる。各地には死者が妖精になる話もあるけれど、僕に言わせれば死者は妖精にはなり得ない。だから幽霊について詳しいかと言われたら否だ」

「ええ……そんな……」

きっぱりとしたアルヴィンの言葉にカトリーナはあからさまに落胆する。

ローザもまた彼の頑《かたく》なな雰囲気を意外に思った。

確かに幽霊は妖精ではないから興味がない、というのは彼らしい理由だ。

それでもなにか引っかかってローザは内心首をかしげたが、今はあまりに悄然《しょうぜん》とした
カトリーナの態度が気にかかった。

「コリンズ様、なぜ幽霊について聞きたいと思われたのでしょうか」

問いかけると、カトリーナは救いを得たようにローザを見る。

ためらいながらも口を開いた。

「その……従兄にパリュールの一部が盗まれたって話をしたよね。それを知らせてきたの
が、おばあちゃんの幽霊だったかもしれないの」

「エスメ・コリンズ様の幽霊、ですか」

頷《うなず》いたカトリーナは、自分の話すことすら怪しむような口調で語る。

「あれは葬式の後だったわ。夜におばあちゃんの私室の扉が少し開いていたの。気になっ
て覗《のぞ》いてみたら、真っ暗な部屋の中に、赤いウエディングドレスを着た若い女性がいたの。

でもおかしいじゃない。真っ暗な部屋で、赤いドレスまで鮮明に見えるわけがない。しか
もそれは……若い頃のおばあちゃんだったの」

カトリーナの臨場感たっぷりの描写に、ローザは我知らず息を呑《の》む。

背筋がすっと冷えた気さえした。

「なぜわかったかって、その人は実家に飾ってある肖像画にそっくりだったの。パリュールを身につけたおばあちゃんは恨めしげで、怒っているように見えて、私は悲鳴を上げて自分の部屋に逃げてしまった。──その翌朝、パリュールの中からブローチとネックレスとイヤリングがなくなっていたことに気づいたの」

そのときの恐怖を思い出したらしく、カトリーナはぶるりと震えた。

「もちろん、後でパリュールを盗んだのは従兄のチャーリーだとわかったわ。けどね、おばあちゃんの幽霊を見て以降、起きたことを考えると……おばあちゃんは私にパリュールを渡したくなかったのか、それを伝えるために私の前に現れたのかなって、思えて……」

言葉が徐々に小さくなっていくカトリーナに、ローザは彼女の深い悲しみを感じた。

苦悩ともいうべき感情は、カトリーナが祖母であるエスメを慕っているがゆえだろう。

だからこそ、ローザは疑問を覚えた。

「コリンズ様は、なぜおばあさまがコリンズ様にパリュールを渡したくないと考えられたのでしょうか？」

「……実は私、おばあちゃんと喧嘩《けんか》して家を出たの。おばあちゃんに育ててもらったようなものなのに、恩を仇《あだ》で返すような真似《まね》をしたんだ。死に目にも会えなかったし、おばあちゃんは頑固な人だったから最後まで私を許せなかったんだろうって」

苦笑いを浮かべたカトリーナの答えに、ローザはひゅっと息を呑む。

声自体は明るかったが無理をしているのはありありとわかる。

なにより彼女の引きつった笑みからは、後悔と罪悪感が感じられた。

「そんな……」

「でもさ、おばあちゃんがここまでするかって、信じたくない気持ちもあるのよ」

ブローチを撫《な》でたカトリーナは、浮かない顔をするアルヴィンを見つめる。

「だから私が見た幽霊が本物かどうかわかれば、おばあちゃんの真意もわかるんじゃないかって思ったのよ。ねえわからないかな」

カトリーナの懇願に、アルヴィンは表情はあまり変わらないものの困惑していた。

「僕は心霊学者ではなく妖精学者だから、幽霊については専門外なんだよ」

アルヴィンの言うことももっともだ。

けれどローザは胸元に提げたロケットに触れる。

蓋の部分にサラマンダーの彫金がされた、母の形見だ。

悩んでいるうちに、アルヴィンは鑑定書に必要事項を書き留めていく。

「さて今回は骨董《こっとう》の鑑定のみで売却はなしだね。ならば、鑑定料はこれくらいだ」

「えっ鑑定料がいるの!?」

カトリーナの素っ頓狂な声に、アルヴィンとローザは驚いた。

あからさまに焦り出すカトリーナに、ローザはもしやと思った。

「先にご説明せずに申し訳ありません。骨董店で骨董の鑑定は、その店の評価と看板をかけて行いますので、金銭をいただきます」

謝罪しつつローザが説明をすると、カトリーナはごくりとつばを飲み込む。

「ああ、そうだよね、目に見えなくても専門的な知識を使うことだもの……お金を取るのは当然よね。頭からすっぽり抜けていた私が悪いわ」

「もしかして持ち合わせがないのかい？」

アルヴィンの遠慮のない確認に、カトリーナは顔を真っ赤にしながらも頷いた。

「本当にごめんなさい。あ、あとで必ず払いに来るから……！」

潔く頭を下げるカトリーナは、本当に悪気はなく、誠実に謝罪をしている。

さすがのアルヴィンも困った様子だ。

「ううん、どうしたものかな」

ローザは待てば良いのでは、と提案しようとして、ふとひらめいた。

「コリンズ様、謝罪を受け入れる代わりに、他のパリュールのアクセサリーを拝見することはできますか」

「えっ」

思わぬ提案だったらしいカトリーナに、ローザは思いつきのまま続ける。

「当店の店主は妖精の調査をライフワークとしておりますので、妖精にまつわる品物はぜひとも拝見したいのです。もちろんご事情があることは承知しております。なので、たとえばおばあさまの私室があるご実家等で、パリュールが揃《そろ》う機会がございましたら、うかがえないでしょうか」

「見せるのはいいけど、でもなんでおばあちゃんの部屋を……？」

「パリュールを拝見する際に、おばあさまの私室を少しだけ調べることは、パックのパリュールの逸話を調べる一環になるかと思います。その過程で、幽霊についてなにかわかるかもしれません」

「っ！　パリュールがあれば、幽霊を調べてくれるってこと!?」

カトリーナの表情がぱあっと輝く。

逆に戸惑った顔をするアルヴィンを、ローザは交渉しにかかる。

「アルヴィンさん。パックのパリュールは拝見してみたいのですよね。でしたらコリンズ様の鑑定料を回収しながら、パックの所有者エスメ・コリンズ様がなぜ幽霊になられたかを調べるのも、今後の研究に役に立つのではございませんか」

「……まあ確かに聞いた限り、パリュールには多くのパックの逸話がある。なのに、なぜカトリーナの前に現れたのが、パックではなく幽霊なのかは気になるな」

アルヴィンがふむと考え直す姿を見せたとたん、カトリーナは俄然《がぜん》意気込んだ。

「ならうちに招待するわ！　ルーフェンの郊外だけど、汽車の便は良いから二時間もかからない場所にあるの。オークションでブローチが落札されないようにしてくれた人をお礼に食事会へ招待する、というのはどうかしら。ちょっとうるさい奴はいるかもしれないけど、まだ見つかっていないネックレスとイヤリング以外は全部見られるようにする！」

「ああ良いよ。ただ幽霊が出るのは夜だ、そのあたりは」

「もちろん泊まっていって！　精一杯おもてなしします！　本当にありがとう！」

心の底から感謝をするカトリーナの表情は明るかった。

＊

カトリーナの来訪から数日後、ローザとアルヴィンは、コリンズ邸のあるルーフェン郊外の村、ホロウェイを訪れた。

今日のローザは紺色を基調としたスカートとジャケット姿だ。シンプルだが胸元に結ばれたタイが華やかである。さらにクリームイエローをしたウールの暖かいコートを羽織り、仕事用の鞄《かばん》を提げていた。

眩《まぶ》しい日差しを避けるために帽子を直したローザは、改めて町並みを見回した。

家々がひしめき合うように立っているルーフェンも、汽車で離れると冬の今は荒涼とした丘が目立つ。

きっと春には青々とした草原になるのだろうとローザは思った。

ローザは幼い頃に母に連れられて、一度このような丘にピクニックへ来たことがある。母から教えてもらった花々を一生懸命探して、花冠を作った。

ローザが作った不器用な花冠を被《かぶ》った母が、照れくさげにはにかんだ表情は今でも鮮明に思い出せる。

ホロウェイの町並みは中流階級の人々が夢見る田舎町、というのが一番しっくりくるだろう。中心街には村人達が集まるパブやティールーム、生活必需品を売る店など必要最低限の商店が立ち並んでいた。

人々の信仰の場である教会には、多くのめかし込んだ人々が集まっていた。

どうやら結婚式だったらしく、教会の入り口から新郎新婦が現れるところだった。

新郎は正装であるフロックコートにトップハット。花嫁はクリームがかった白の首元まで詰まったデザインのドレスだ。頭に飾られた花冠の白い花は、花言葉に「純粋」「結婚式」の意味を持つオレンジだろう。橙色の実をたくさんつけるオレンジは、家族の繁栄や多産の象徴とされ、その白い清楚な花を冠にして身につけるのが、花嫁の定番だった。

ローザも見知ったウエディングドレス姿だ。

教会の向こうには、冬でも深い森が広がっているのが見えた。

風は冬らしく冷たいが清々《すがすが》しく、緑の匂いを運んでくる。

ローザが深く呼吸をしていると、隣を歩いていたアルヴィンが話しかけてきた。

今日の彼は山高帽に仕立ての良いコートを着込み、首にはマフラーを巻いている。

「ねえローザ、コリンズ邸に行く前に聞きたいのだけど。どうして君はカトリーナに肩入《い》れしたのかな。僕がコリンズ邸で幽霊を調べるように誘導しただろう？」

カトリーナがいたときには言及しなかったが、やはり、アルヴィンは気づいていた。

かなり露骨だった自覚はあるので、ローザは罪悪感を覚える。

「アルヴィンさんの興味の範疇外《はんちゅうがい》だとは重々承知しているのですが……」

「眉尻が下がったのは罪悪感だろうか。確かにそうだけれど、最終的には僕が行くと決めたのだから君が後ろめたく思う必要はない。ただね君がカトリーナを気にする理由が知りたいんだ」

ひたむきなアルヴィンは、ローザの反応をつぶさに見ようと覗き込んでくる。

見透かそうとするまなざしに少し怯《ひる》む。

それでも、ローザはあのとき感じた気持ちを一つずつ言葉にした。

「コリンズ様の見た幽霊の正体がどうであれ、故人の遺志が気になる気持ちはわかります。わたしも、母の気持ちを知りたかったから。あの方が納得する手がかりを少しでも摑《つか》ませて差し上げたいと思ったのです」

アルヴィンが思い至った顔になる。

そう、ローザの心残りは、アルヴィンが解消してくれた。

一人でローザを育て死んだ母ソフィアが幸せだったのか。

胸に凝《こご》った疑問を、アルヴィンが母の形見のロケットを通して紐解《ひもと》いてくれたのだ。

ローザが母の想《おも》いを知れたのは、彼のお陰だ。

カトリーナに対して、自分が彼のような立ち回りができないこともわかっている。他力本願になってしまっているのも、申し訳なく思う。

ただ、今回は直接でなくとも、妖精がかかわっていた。

だからアルヴィンが許容してくれるなら、もう少しだけかかわり、カトリーナを手伝えたらと思った。

「それに、なんだかコリンズ様の態度も少し気になって……。後悔と同時にためらいがあるように思えたのです」

「僕もカトリーナのブローチに対する態度は少し引っかかるね。だからこの招待に応じた部分もある」

アルヴィンにもそのような意図があったとは知らず、ローザは目を見開く。

「うん。だから……そうだね。僕の運を頼りにしてみようか。——コリンズ邸が見えてきたようだ」

その言葉にローザが前方を見ると、土道の続く先に一軒の屋敷《やしき》があった。

壁を白い漆喰《しっくい》で塗り固め、角にレンガを積み上げた田舎風の造りだ。

大きさ的には、今まで村で見てきた一軒家より一回り大きいくらいだろう。

ただ、ローザは家の主が亡くなったことを知っているせいか、少し陰鬱に感じられた。

アルヴィンはそのような空気は感じていないようで、さっさと正面玄関の扉を叩《たた》く。

扉を開けた年かさのメイドにアルヴィンが名前を告げていると、軽い足音と共にカトリーナが現れた。

「アルヴィンさん、エブリンさん来てくれてありがとうっ。ううでも……」

今日の彼女はきちんとしたドレスを着ていて、ぐっと上品な雰囲気がある。

ともすれば中上流階級の令嬢と称しても通用しそうで、ローザは少し目を見張った。

ただ、今のカトリーナはなぜか狼狽《うろた》えている。

アルヴィンはすぐ気づいたのだろう、不思議そうにした。

「やあカトリーナ、ずいぶん動揺しているようだけれど、なにかあったのかい？」

「その……と、とりあえず近くに廃墟《はいきょ》の教会があるから、そこで作戦会議をさせてもらえないかしら！」

「ミスカトリーナ、わざわざ遠方から来てくださったお客様なのだろう。人っ子ひとりいない廃墟なんかに案内しては失礼ではないかな」

早口でアルヴィンに願って外に連れ出そうとしたカトリーナが、びくりと止まる。

低く豊かな響きをしたその声の出所を追ったローザは、廊下の奥から近づいてくる男に目を留《と》めた。

外見の年齢は、アルヴィンと同じくらいか、若いかもしれない。

まず目に付いたのは、彼の燃えるような赤毛だった。炎のように波打つ髪は光に透けると桃色がかって見えるほど純粋な赤だ。

その髪の赤に負けないくらい鮮やかなのが、青の瞳だった。晴天のような澄み切った青は生き生きと煌《きら》めいており、彼をより華やかに彩っている。

容貌は雄々しさがありつつも柔らかく、その強い色彩を従える強さがある。

仕立ての良いスーツをきっちり着てはいるのだが、品の良さよりもどこか飄々《ひょうひょう》とした印象が強い。

ローザは、まるで野生の獣が素知らぬ顔で都会に紛れ込んでいるように感じられた。

普通の女性なら一目見ただけで恥じらいそうな美男子だ。

新たに登場した人物を、ローザはアルヴィンの後ろからそう観察した。

しかしカトリーナは、とても硬い表情で燃えるような髪の男性を睨《にら》み上《あ》げた。

「パーカーさん、応接間で待っていてくださいと言ったはずなんですが」

「けれど、彼がブローチを取り返すきっかけになってくれた骨董店《こっとうてん》の店主なのだろう？

そのお礼としてパリュールを見せるために、私のパ、リ、ュ、ー、ルを借りたいと頼んできたのではないかな」

「う、それ、は……」

言いよどむカトリーナに、男は微笑《ほほえ》みながらも有無を言わせない圧があった。

「つまり私にも礼を言う権利があるはずだ。そうだろう、カトリーナ？」

アルヴィンの後ろで話を聞いていたローザは、男性の言葉に戸惑った。

「私のパリュール」という単語を素直に受け取れば、彼がエスメのパリュールの所有者という意味になる。

しかし、男はカトリーナと見比べても、親類には見えない。

ローザがどういうことなのかとうかがっていると、男はアルヴィンに右手を差し出した。

「はじめまして。あなたがブローチを取り戻すきっかけになってくれた人だな。ありがとう。私はロビン・パーカー。エスメ・コリンズの遺言を管理している事務弁護士だ」

ロビンと名乗った青年は、どうやらアルヴィンとカトリーナの後ろにいるローザには気づいていないようだ。

ローザは、強いて主張せずに成り行きを見ることにする。

「へえ、事務弁護士か。僕は青薔薇骨董店《ブルーローズアンティーク》の店主アルヴィン・ホワイトだ。今日は花嫁のパリュールを見せてもらいに来たのだけど。そのパリュールは君の物なのかい？」

差し出された手を握り返しながらアルヴィンがごく当然の疑問を口にすると、ロビンは気さくに肯定する。

「ああ、そうだ。正確には、パリュールの半分……ネックレス、ブレスレット、外箱が私のものだ。なんだ、カトリーナは言っていなかったのかな」

「説明をするために、少し三人で話すつもりだったのよ。あなたが予想より早く来たから予定が狂っちゃったけど」

渋々という風に答えたカトリーナは非友好的にロビンを睨む。

「それにまだ、あなたの持っている遺言書が本物だと納得したわけではないわ」

ただカトリーナの硬い態度も、ロビンはどこ吹く風だ。

カトリーナの言葉で、アルヴィンの背後にいるローザにようやく気づいたようだ。

「いや三人？　ああ、もう一人お客さんがいたのか。はじめまして、お嬢、さん……？」

ぐいと覗《のぞ》き込《こ》んできたロビンは、ローザと目が合うなり硬直する。

飄々とした態度とは打って変わり、酷《ひど》く驚いた様子で凝視されてローザは戸惑った。

「あの……」

「エスメ様!?」

ローザがどうしたのかと聞こうとした矢先、素っ頓狂な声にかき消された。

声の主は奥から駆け足で現れた、五十代ほどの中背で髪に白い物が目立つ男性だ。

角張った顔立ちには鋭さを感じさせるが、目が細いせいか柔和な印象を受ける。

しかし、今はその細い目が大きく見開かれており、信じられないとばかりにローザをまじまじと見つめた。

ローザはなぜそこまで驚かれるかわからず、思わずアルヴィンの背に隠れる。

その行動で、場を支配していた動揺は緩んだらしい。

いち早く驚きから脱したロビンが、決まり悪そうに口元を押さえつつ言った。

「いやはや、驚いたな。若い頃のミズ・コリンズにそっくりだ。マーチンさんもそう思いますよね」

「え、ええ本当に、驚くほどそっくりだ。まるで絵画からそのまま出てきたようで……」

「あの、あなた様は……」

現れた男性にローザがおずおずと尋ねると、男性は申し訳なさそうに自己紹介をした。

「これは大変失礼しました。私はハンス・マーチンと申します。現当主であるミスター・コリンズの事務弁護士をしており、故エスメ・コリンズの遺言書も管理しておりました」

恐縮したように腰も低く頭を下げるマーチンに、カトリーナも補足する。

「父さんが家を継いでから、ずっとうちの事務手続きや財産管理をしてくれる人なの。私もちっちゃい頃から知っているわ」

弁護士という職業に詳しくないローザだが、家で弁護士を雇うのはかなり裕福な家であることはわかる。

エスメがこの屋敷を所有していた点からしても、裕福な中流階級《ミドルクラス》に位置するのだろう。ならばなぜカトリーナは……と、ローザが新たな疑問を覚えていると、ロビンに話しかけられた。

「ではお嬢さん、お名前をうかがっても？」

「ロザリンド・エブリンと申します。青薔薇骨董店の従業員をしております」

ローザが膝を曲げて挨拶をすると、ロビンに手を差し出される。

「ロザリンドね、君にふさわしい華やかな名前だ。これからよろしく、薔薇《ばら》の姫」

握手かと思ったローザが彼の手を握ろうとすると、ロビンに手を取られ流れるように甲へ口づけされた。

手袋をしていたし、あくまで挨拶上の仕草だったから唇が触れた感触はない。

それでも、予想していなかったローザは硬直する。

ローザがロビンを見上げようとすると、視界がアルヴィンの背に覆われた。

「カトリーナも店に来たときに、ローザがエスメに似ていると言っていたね。そんなに似ているのかな」

いつもと変わらぬ口調で問いかけるアルヴィンだったが、ローザをかばうように立ったままだ。

緊張と動揺が和らいだローザは彼の背から様子をうかがう。

ロビンが愉快そうに青い目を細めるのが見えた。

しかし言及はしないらしく、アルヴィンの問いに答える。

「見たほうが早いだろうね、カトリーナ、彼らを中に案内しよう」

「え、ええ……」

カトリーナが承諾するなり、ロビンは自分の家のような気安さで、アルヴィンとローザを中に誘った。


案内されたのは玄関ホールの右手にある応接間だ。

華やかに装飾されている上、居心地が良さそうに整えられている。

壁紙とカーテンは暖色系で統一されており、さりげなく飾られた花瓶や絵皿は花柄で女性的な雰囲気を感じさせた。キャビネットに敷かれているのは手編みのレースだろう。

時間をかけてお気に入りを増やし整えていった部屋、という印象をローザは持った。

赤々と石炭が燃える暖炉の上には、写真や絵画が飾られている。

ローザが驚いたのは暖炉の傍らにかけられた絵画だった。

背景はどこかの教会だ。描かれた森の雰囲気からすると、もしかしたらこの地域の教会かもしれない。教会を背にして立っているのは一組の男女だった。

おそらく結婚式を記念して描かれたのだろう。

若い新郎のシルクハットにモーニングコート姿が少し古めかしいことで、昔に描かれたことはわかる。

なのに隣に立つ女性は、ローザによく似ていたのだ。

はっきり異なるのは、瞳の色だろう。ローザは青だが、彼女は理知的な榛色《はしばみいろ》だった。

ローザは人より小柄で幼げに見られがちだが、絵の女性にはそのような印象はない。

薄紅のドレスを纏《まと》い、黒々とした髪は綺麗《きれい》に結い上げられ、ヴェールを被《かぶ》った面差しには聡明《そうめい》さがある。長いスカートの引き裾《トレーン》の重みを感じさせない凛《りん》とした佇《たたず》まいは、彼女の気高さを表しているように感じられた。

そして、ローザに似ている以外にも印象的なのは、彼女が身につけているアクセサリーだった。

ヴェールを留めているのはティアラだ。花冠のようにも見えるほど、細い金色の金属で作られた花が咲き乱れている。耳元には一対のイヤリング、首元にはネックレス、胸元はブローチで彩られ、花束を持つ腕にはブレスレットも確認できる。

それらはすべて、薔薇、ニワトコ、ガーベラ、アネモネ、薔薇、ダリアの順に花々が咲く意匠で統一されていた。

パリュールは、絵の中の女性を華やかに彩り、彼女を特別な存在だと物語っている。

「こちらが、エスメ・コリンズ様ですか」

「そうだよ。これは彼女が二十歳で結婚したときの絵だ。今の君のほうが少し若いかな」

「確かに、わたしは十八ですから……ただ、同じ年齢になったとしても、これほど凜々《りり》しくはなれないと思います」

傍らに来たロビンに肯定されて、ローザは思わず正直な気持ちを吐露する。

それに、似ているとすれば、むしろ――母に似ているかもしれない。

ローザの脳裏に浮かびかけた思考は、カトリーナが割り込んだことで途切れた。

「そうよ。おばあちゃんは妖精女王のように君臨するタイプだもの。私も一瞬似てると思っちゃったけど、エブリンさんはエブリンさんなのだから、あまり騒ぐのは良くないわ」

「カトリーナの言う通りだね。失礼しました」

カトリーナに同意したマーチンからもいっそ大げさなほど丁寧に謝罪されて、ローザは狼狽《うろた》える。

「い、いえわたしも驚いたくらいですから、お気になさらず」

身内にしてみれば驚かずにはいられないだろう。初対面のカトリーナが驚いた理由もわかってすっきりもした。

謝罪の応酬になりかけたところで、アルヴィンが出し抜けに言った。

「ところで、僕達はパリュールを鑑賞するために屋敷《やしき》へ招待してもらったのだけれど、なぜ弁護士が二人もいるのかな？　君達の話の断片から推測すると、パーカーさんはエスメ・コリンズの遺言書を管理していて、マーチンさんはコリンズ家の家財を管理しているようだけど。現当主とエスメは仲が悪かったのかな。それともマーチン氏が嫌われていたのだろうか」

アルヴィンのあけすけな問いかけに、ローザはひやりとする。

それを聞いたカトリーナが一気に苦々しい顔になった。

「私の父さんはおばあちゃんには頭が上がらなかったけど、仲が悪いってほどじゃなかったわ。マーチンさんがおばあちゃんの様子を父さんに知らせていたくらいだもん。本来なら、マーチンさんがおばあちゃんの遺言書も管理していたはずなんだけど……」

カトリーナが目を向けたのはロビンだ。

「私がミズ・コリンズに頼まれて新たな遺言書を作成したのさ。マーチンさんは私がコリンズの別邸に来ると知ったからついでに遺言書を再度確かめに来た……いわば私の監視役だね。ちなみに遺言書の法的効力は、つい先ほどマーチンさんに認めてもらったよ」

あけすけに語るロビンに、カトリーナとマーチンは気まずそうにする。

部屋の中央にあるテーブルの上には書類が広げられていた。

おそらく権利関係と遺言書の書類なのだろう。

黙り込むカトリーナとマーチンとは対照的に、ロビンは飄々《ひょうひょう》と続けた。

「そして私は先ほど言った通り、パリュールを取り戻してくれたあなた達に感謝を表したく、カトリーナの招待に応じたんだ」

「私は、パリュールを貸してほしい、ってお願いしただけよ」

「君がきちんと返してくれる保証はないからね。もちろん以前提案した通り、パリュールを私に売ってくれてもかまわないよ。具体的な金額を知るために、こちらの青薔薇骨董店に行ったんだろう？」

ごく当然のように信用していないと語るロビンの指摘に、カトリーナは言葉に詰まる。

込み入った事情があることは、カトリーナが骨董店に来たときから察していたが、想像以上のようだ、とローザは悟る。

だがしかし場に流れる複雑な空気を考慮しない、察しないのがアルヴィンだ。

「ねえ、君達の関係が込み入っているのは言葉の端々から理解できるけど、僕はパリュールを鑑賞しに来たんだ。そのテーブルにある箱がパリュールのようだけど、見せてもらうためには、君達の話し合いを待ったほうがいいかな」

予想をしていたローザは、かろうじて苦笑いになるのは抑えた。

ローザにばかり注目が集まり、居心地が悪かったのも確かだから少し安堵《あんど》する。

カトリーナははっとした顔になり、羞恥のためだろう、頬を染める。

彼女が話をためらっているうちに、ロビンが大げさな身振りで肩をすくめた。

「これは客人に失礼した。せっかくだから先に鑑賞会といこうじゃないか。どうぞそれぞれ座ってくれたまえ。まだ二つほど揃《そろ》っていないのは許してほしいんだが」

ロビンは芝居がかった口調で言いつつ、さっとテーブルに広がっていた書類を片付ける。

そして魔法のような手際で、ビロードの布を広げた。

ローザとアルヴィンが長椅子に並んで座り、向かいの一人がけのソファにはそれぞれカトリーナとマーチンが座る。

そしてロビンは全員が座ったのを見て取ると、ビロードの上に恭しく革張りの楕円形《だえんけい》の箱を載せる。

その手つきに、ローザは惹《ひ》かれる。

蓋が開かれると、中には黄金の花束が広がっていた。

納められているのはティアラとブレスレット、そしてカトリーナが店に持ち込んだブローチだ。

ブローチと同じモチーフと石が使われており、しかしティアラはティアラとして、ブレスレットはブレスレットとしてふさわしいデザインに変えられている。

きっとそれぞれ単品で身につけても美しいだろうと、ローザは惚《ほ》れ惚《ぼ》れと見入った。

絵画がどれほど正確にこのパリュールを描いていたかがよくわかる。

この箱は確かに、この花を集めたジュエリーをあるべき位置に収めるために作られたものだ。ぴったりと収まった様はとても美しい。

自然光に煌《きら》めく赤みがかった黄金の輝きは花々を瑞々《みずみず》しく際立たせており、このパリュールの価値をごく自然に知らしめていた。

だからこそ、ネックレスとイヤリングの位置の空虚さが目立った。

ほう、と息を吐いたローザが傍らを見ると、アルヴィンもジュエリーを見つめていた。

思慮深い色を帯びた灰色の瞳が、パリュールを見透かすようにじっくりと観察する。

「蓋の裏に『親愛なる友へ、君の勇気に祝福を込めて。E.P.』とあるね。これは製作者エドワード・ピンチベックのイニシャルで間違いないだろう」

「ええ、その通りです。保存状態が良くないと含有している銅が酸化して緑青《ろくしょう》が吹いてしまいますが、当時のまま美しい金色を保っているんです。細工も、すべてのセットが同様の保存状態ですから、価値は計り知れないものでしょう」

熱を込めて語ったマーチンは、周囲の注目を浴びていると気づくと、焦ったようにハンカチで額を拭う。

「し、失礼しました。アンティークが好きでして。特に職人の腕で美しく形作られ、本物にも劣らぬ価値を持つピンチベックは、個人的に集めているんです。あっもちろん、些細《ささい》な品だけですが……」

「ふうん、そうなのかい。ただネックレスとイヤリングがないのは……」

「従兄のチャーリーに盗まれたまま、まだ行方不明なの。オークションに出品されたブローチからたどれないかと警察も捜してくれているけれど、続報はないわ」

「なるほど。で、エスメ・コリンズの遺言は、この花束のパリュールのジュエリーをカトリーナとパーカーさんで分ける、というものだったかな？」

アルヴィンの指摘に、カトリーナは口ごもる。

テーブルの側に持ってきた椅子に腰掛けたロビンは、涼しい顔で話した。

「ミズ・コリンズは、思慮深く聡明な女性だったから、生前に自分の資産が正当な者に渡るよう整理したのだよ。たとえば今この屋敷にいるメイドは、ミズ・コリンズの相続が終わるまで、屋敷の管理をするのに充分な報酬と形見分けがされている」

マーチンもまたロビンの言葉を補足するように言った。

「以前ミズ・コリンズから遺言について相談を受けた際には『花嫁のパリュールは、結婚した際に孫娘カトリーナに渡したい』と話されていました。ですがパーカー氏が持つ最新の遺言書では『孫娘カトリーナに、ティアラ、ブローチ、イヤリングを。ロビン・パーカーに、ネックレス、ブレスレット、外箱を譲る』となっておりまして……」

困惑と申し訳なさを滲《にじ》ませるマーチンに、カトリーナが複雑そうに唇を引き結んだ。

エスメがどのような人物だったかをローザは知らないが、それでも不思議な分け方をすると思った。

パリュールは一揃いであってこそ価値があるもののはず。

そして、マーチンの話では、当初エスメはすべてカトリーナに相続させるつもりだったらしい。ロビンと二分割するような分け方はとても意味深だ。

ローザは良くない予感を覚えて、アルヴィンを見る。

彼は、案の定さらに深く踏み込んだ感想を得たようだ。

「奇妙な相続の指定だね。すべてが揃って最も価値があるジュエリーを分割するなんて。まるで所有者をあえて争わせ……」

「アルヴィンさん」

ローザが呼んだとたん、アルヴィンはぴたりと口をつぐみ、ローザを見る。

それ以上はだめだと首を横に振ると、彼はすぐに意図を察してくれた。

言葉にしてしまえば、実態のない不安でも形になってしまう。

それを部外者である自分達がするのは良くないと思ったのだ。

アルヴィンがわかってくれて良かったと思いつつ、ローザは目を丸くする面々に、軽く頭を下げる。

「お話に割り込んで申し訳ございません」

「どうやら行きすぎたことを言いかけたようだ。悪かったね」

アルヴィンも謝罪する。

ローザは一旦席を外すことも考えていたのだが、マーチンは深く息を吐いて言った。

「君は聡明《そうめい》な子だね。ただ、骨董屋《こっとうや》さんが考えることもよくわかります。これでは争えと言っているようなものです。カトリーナという正当な継承者がいたのに、ミズ・コリンズはなぜこのような采配をしたのか。信頼してくださらなかったのかと私も考えますから」

悲しげに語るマーチンの横で、膝の上でぎゅうと拳を握るのはカトリーナだ。

彼女の視線の先にあるのはパリュールだ。

身内の思い出の品が他人の手にある状況は、ローザも経験がある。

ただローザは自ら差し出したが、カトリーナは意図せず奪われているのだ。その心境は比べるべくもないだろうと、ローザは苦しくなった。

重苦しいマーチンとカトリーナとは対照的に、ロビンは曖昧な表情を浮かべていた。

「ミズ・コリンズは花嫁のパリュールをことさら大事にしていたよ。宿ったパックの逸話と共にね。だからこそ、ふさわしい者に相続させたいと願っていた」

「ならどうして家族の誰も知らないあなたが、パリュールの半分の相続人に指定されているの⁉」

真意を濁す物言いに、耐えきれずに声を荒らげたのはカトリーナだった。

「お葬式の後に現れるまで、あなたの存在も、おばあちゃんがあなたに遺言を託していることも知らなかった！　騙《だま》して遺言書を書かせたんじゃなかったら、おばあちゃんとどうやって知り合ったのよ⁉」

それは、カトリーナがずっと堪えていた本音だったのだろう。

マーチンも控えめながらロビンに猜疑《さいぎ》の目を向けている。

しかしロビンは少し笑みを収めて肩をすくめるだけだった。

「ミズ・コリンズについては、かわいがられていた君のほうがよく知っているだろう。私はあくまで依頼に基づいて行動している。強いて言うなら親切心なんだよ。これ以上君がパリュールに対して、思い悩まなくてすむように、ね」

「なんで……」

「あのパリュールには、パックの祝福が付いている。幸福な花嫁になることを望まない者には、無理強いはしないさ。だから私は提案しているだろう？　君の所有するパリュールを適正な価格で引き取る、と。そうすれば当面は困窮せずに仕事を――……」

カトリーナは乱暴にソファから腰を上げた。

赤らんだ顔でロビンを睨《にら》みつけるが、唇が震えるだけで言葉が出てこない。

己の柔らかい部分を急に突き刺されたときの怒りと羞恥と、言い返せない悔しさがない交ぜになった感情だった。

言葉を止めたロビンは、組んでいた足を解くと優美に立ち上がる。

「私がいるとじっくりパリュールを鑑賞もできないだろう。マーチンさん、このあたりの散歩に付き合ってくれませんかね」

「えっは、はあ……」

有無を言わせない言動に反射的に従ってしまったらしいマーチンと共に、ロビンは風のように去っていったのだった。


こぽこぽと音を立てて、ティーカップに紅茶が注がれる。

それは、ロビンと入れ替わりにやってきたメイドが持ってきたものだった。お茶請けには素朴なフラップジャックが添えられている。

「コリンズ様、お茶はいかがですか」

「あり、がとう。でも、カトリーナで良《い》いわ。私、普段はそんな風に呼ばれるような生活してないもん」

子供っぽくすねた物言いをしたカトリーナは、それでも紅茶を受け取ってくれた。

「わかりましたカトリーナさん。ではわたしのこともローザとお呼びください。隣に座ってもよろしいでしょうか」

頷《うなず》いてくれたため、ローザは彼女の隣の椅子に腰を下ろした。

アルヴィンも今は大人しく紅茶を味わっている。

紅茶を一口飲んだカトリーナは、落ち着いたのかぽつりぽつりと話しはじめた。

「私、あなた達に、ちょっとだけ、嘘《うそ》をついた」

「嘘、で、ございますか」

「うん、本当はあなた達の店に行って鑑定を頼んだとき、ブローチを売ろうかと思ったの」

「予想はしていたよ。君ははじめ言葉を濁していたけれど、態度と仕草は確かに売却することを考慮に入れていたからね」

アルヴィンの言葉は図星だったのだろうが、カトリーナは苦笑いするだけだった。

「あははアルヴィンさんは物語の探偵みたい。そうよ、お金には困っているから」

「理由を、うかがってもよろしいでしょうか」

「作家の仕事がうまくいっていないのよ。家賃にも困るくらい。あなた達への鑑定料をすぐに払えなかったのはこれが理由ね」

作家と聞いて、ローザはようやく彼女の不思議な形容の仕方や言動に納得した。

どんな物語を書いているのかとローザが期待の目を向けると、カトリーナが制するように手を振った。

「あっ全く無名も無名よ！　新聞や雑誌にちょっとだけ短編やコラムが載るだけ！　今はルーフェンのアパートで暮らしてる。女ってだけで原稿が鼻で笑われるのは当たり前で、出版社や新聞社に持ち込んでも突き返されるのが常なの。全然うまくいかなくて……好きなことでお金を得るのって、こんなに大変なんだって思ったわ。おばあちゃんの言った通りだった」

「おばあさまは、反対されてらっしゃったのですね」

「おばあちゃんどころか、父と母は大反対よ。『未婚の娘が外で働くなんてとんでもない。うちが子供を養えないほど困窮していると思われたらどうする⁉』って。家の恥だとすら言われたわ」

カトリーナは軽く言っているが、内容は壮絶だった。

裕福な家庭では、汗水垂らして働くことを忌むらしいというのを、ローザはトンプソンクリーニング社のジェシカの例で知っていた。

それでも「家の恥」といわれるほど忌避されるものだとは思っていなかったのだ。

「私が折れないとわかった両親には絶縁されたわ。けれど、おばあちゃんはずっと私を説得しようとしたの」

カトリーナの思いをはせるような遠い目は、祖母のエスメとのやりとりを思い出しているのだろう。

「花嫁のパリュールはね、おばあちゃんに『カトリン、あなたが結婚したときに身につける姿を楽しみにしています』『次の幸せになる花嫁はカトリンよ』って言われながら見せられてきたの。でも、私は全然しっくりこなかった。結婚しか女が幸せになる方法はないの？　って。おばあちゃんの期待する『結婚』がとても重かった。だから、自分の夢にかこつけて逃げたのよ。それでパリュールなんてどうでも良いって思えば良かったのに」

小さく背を丸めたカトリーナは、テーブルの上で輝くパリュールを見つめた。

「なのにあの男が出てきて、パリュールを私に渡さないっておばあちゃんの遺言を聞いたら……どうして？　って思っちゃって。なんだか自分がすごく現金で、矮小《わいしょう》で醜いように思えた。パーカーさんに指摘をされてはじめて自分の気持ちに気づいて、自己嫌悪に襲われているのが、今なのよ」

自嘲するカトリーナに、ローザは胸が痛む心地に襲われた。

彼女の言葉の端々から、エスメへの思慕と葛藤は伝わってくる。

自分が相手を想《おも》っているのも本当、慕っているのも本当。だけど、相手はもう自分に愛想を尽かしてしまっていたかもしれない。

ローザは母と、亡くなる最後まで言葉を交わせた。懸念はあったとしても、ローザは母が自分を想ってくれていたと信じられる。

だからこそ、母が自分を嫌っていたかもしれないと突きつけられて、それが取り返しがつかない状況を想像するだけで身震いする。

それが、今のカトリーナなのだ。

ローザはようやく、彼女がエスメの幽霊を恐れたのが理解できた気がした。

「カトリーナさんが、幽霊の正体を知りたいと思われたのは、おばあさまに嫌われていらっしゃらないか確かめたかったのですね」

「綺麗《きれい》に表現してくれてありがたいけど、要は子供のかんしゃくよ。あの幽霊を見たとき、私はおばあちゃんに恨めしく思われるほど嫌われてたのかってショックだった。でも、パリュールを取り戻したところで、私は売る選択肢を捨てられないのよ」

ローザの言葉に、カトリーナは苦笑いで答える。

「マーチンさんにパリュールを手放すことを提案されたとき、真剣に考えちゃったくらい。もう私は、純粋な気持ちでパリュールを見られないの」

「おや、もう一人の弁護士にもパリュールの売却を提案されたのかい？」

意外そうにするアルヴィンに、カトリーナは頷いた。

「マーチンさんは私の生活が苦しいって知っているからね。幽霊が現れた後だったかな。いわくがあるからこそ欲しがる人には高く売れるだろうし、引き取り先も探す……って。父さん達は忙しいから相続関係はマーチンさんに任せているし、パリュールは私の物っていうのはみんな思っていたわ。私が頷けば本当に売却していたかもね。ロビン・パーカーが現れたからそれどころじゃなくなったけど」

カトリーナが付け足すと、アルヴィンは紅茶を傾けながら考える風だ。

「パリュールが盗まれていることがわかった後、マーチンからパリュールの売却を打診された上に、ロビン・パーカーが現れた、と。それらがすべて、エスメの幽霊が現れてから起きたと君は考えているんだね」

「うん。そう」

「君は今までの言動から推測するに、花嫁のパリュールにとても思い入れがあるように見える。ロビン・パーカーからパリュールを取り返したいとは思わないの?」

アルヴィンの問いかけに、ティーカップをソーサーに置いたカトリーナは、水面に視線を落としてつぶやいた。

「わからないわ。だからこそ、おばあちゃんの幽霊について、知りたいんだと思う」

カトリーナの表情は、迷子の子供のようだった。

その想いを映すように、窓の外には雲が垂れ込めはじめていた。

＊

その夜、ローザとアルヴィンは予定通りコリンズ邸に泊まることになった。

しかし予想外だったのは、そこにロビンが加わったことだ。

「それはもちろん、明日にはパリュールを返却してもらわないといけないからね。泊まるのは当然じゃないか。ほら、ケイシーも夕食を用意している」

「カトリン様、お支度を一人分無駄にしたくはありません」

「わ、わかったわよ……」

メイドのケイシーに迫られたカトリーナは、渋々といった様子で承諾していた。

マーチンは後ろ髪を引かれたようだが、明日も仕事があると、夕方頃にはコリンズ邸を去っていった。

ただ、ローザとアルヴィンが泊まる理由を知ると、去り際にカトリーナに懇々と言い聞かせていた。

「このような見ず知らずの人を巻き込むのはあまり感心できませんよ」

「ごめんなさいマーチンさん。でも気になって。骨董店《こっとうてん》の人達と確認したら、終わりにするつもりだから」

カトリーナの懇願に、マーチンは息を吐く。

「ミズ・コリンズが厳格な方だったのは、あなたもよく知っていたでしょう。怒らせたらとてもではないが許してくれる方ではなかった」

「そうよね。マーチンさんみたいに、おばあちゃんにきっぱり言われても、怖がりながらも付き合える人はそうはいないわ。まるでやんごとないお姫様にお仕えする従僕みたいだって思ってた」

明るく言ったカトリーナは、困惑に近いマーチンの反応に、顔が半笑いで止まる。

「ともかく、法的な権利については私がなんとかできないか探ってみます。カトリーナはその後について考えてくださいね」


その言葉に、カトリーナの表情が曇るのが、傍らで聞いていたローザにはよく見えた。

おそらく「その後」の選択肢に、パリュールを売ることを考えているのだろう。

頭を下げて去っていくマーチンを見送りながら、ローザはカトリーナを案じていた。


夕食の後、ローザとアルヴィンは、カトリーナと共にエスメの私室にいた。

なるべく幽霊が現れた状況を再現しよう、ということになり、パリュールもこの部屋に持ち込んでいた。


エスメの私室は古風な調度品で整えられていた。

華美で細かい彫刻や装飾のされた調度品は、一つ一つ意匠は違っていても調和がとれている。応接間と同じ人間が整えたことを感じさせた。

目の前には今はカーテンが半分閉められているが、大きな窓が取られている。きっと日中であれば燦々《さんさん》と日差しが差し込み温かな印象になるだろう。

ここに「エスメ・コリンズの幽霊」が現れたのだ。

ローザは少しだけ息が苦しくなった気がして立ち止まる。

この闇が色濃く滞留しているような空虚な空間は、母が去ったアパートを思い出す。

そこかしこに大事な人の記憶があるのに、空っぽになってその場で動けなくなるような感覚だ。

　しんみりしていると、隣にいるカトリーナから息を深く吸う音が聞こえた。

　ランプに照らされた彼女の横顔は、泣きそうにゆがんでいる。

　慕わしさと悲しみと、どうして、とでもいうような複雑な感情だ。

　しかしすぐに振り払うとさっさと中に入っていった。

「今明かりをつけるわね。あ、ろうそくはちゃんとある。よかった、ケイシーさんにもらいに行かなくてすみそう。でもケイシーさんは、言わなきゃろうそくを用意してくれなかったのに不思議だな……？」

　首をかしげながら、カトリーナはランプからすでにキャンドルスタンドに設置されていたろうそくに火を移す。明かりを灯《とも》していくと、より室内が詳細に見渡せた。

　奥には天蓋付きのベッドが鎮座して、暗がりに沈んでいる。

　幸いにも暖炉には火が入っており、寒さに震えることはなさそうだ。

　部屋の一辺には大きな書棚があり、ぎっしりと本が詰まっている。

　その近くにはライティングビューローと椅子のセットが静かに佇《たたず》んでいる。他にも本を読むためだろう、一人用のソファが二脚とテーブルがあった。

　テーブルの上には、くだんのパリュールの箱が置かれていた。

　室内を見渡したアルヴィンは、カトリーナに問いかけた。

「エスメ・コリンズはどのあたりに現れたのかな」

「おばあちゃんはその壁あたりに立っていたわ。たった今部屋に入ってきたみたいに」

カトリーナが指を指したのは、扉のすぐ脇の壁だった。

調度品は華麗な反面、壁は意外に簡素で、白を基調とした壁紙がろうそくの火で橙色《だいだいいろ》に照らされている。

アルヴィンはひとしきり壁を検分した後、ローザ達を振り返る。

「幽霊の存在に気づいたのは、部屋の扉が開いていて、中に入ったらだったね。では僕が中で待とう。君達はゆっくり眠っていてくれて良いよ」

「い、いいえ。私だって知りたいもの。あなたがこの部屋で待つのなら私だって待つわ」

カトリーナが宣言したため、三人でエスメの部屋で過ごすことになった。

暖炉の近くに人数分のソファと椅子を移動させ、温かい紅茶をたっぷり準備した。

アルヴィンはカトリーナの許可を得て、エスメの手記を読んでいる。

エスメは筆まめな気質だったらしく、パリュールの逸話やパックの伝承について書き留めていたらしい。

「こういった話は基本的に口伝でしか受け継がれない。書き残してくれるだけで充分な資料だよ」

暗い光源の中でも一定の間隔でページをめくるアルヴィンは、案の定全く恐怖を感じていないようだ。

ローザが落ち着かない気持ちでソファに座っていると、同じく落ち着かないカトリーナが出し抜けに言った。

「あ、そうだ。おばあちゃんのウエディングドレスが残っているの。見てみない？」

ローザが返事をする前にカトリーナが案内したのは、部屋の中にある扉だった。

扉を開けた先は、衣装部屋のようだった。

ただ、すでに衣装が片付けられた後なのか隙間が目立つ。

カトリーナはその中から、迷わず一着を選ぶと戻ってきた。

「これよこれ。ローザの背丈だとちょうど良《い》いね」

彼女が掲げて見せたドレスは、ろうそくの暖色の中でもわかる薄紅色だ。

襟ぐりが開き胸のすぐ下で絞られた古めかしい形で、肩の膨らみが愛らしい。

スカートの背面には長い引き裾《トレーン》がついており、身につければ優美に広がることは容易に想像がついた。

古風ではあるが丁寧に作り込まれた美しい衣装だ。なにより背丈からして、ローザにちょうど良さそうだった。

惚《ほ》れ惚《ぼ》れと眺めていたローザは、ふと昼間の教会の前で見た光景を思い出した。

「そういえば、今日村の教会で見た結婚式で新婦が身につけていたドレスは白でした。てっきり結婚式では白だと思っていたのですが、以前は他の色もあったのでしょうか」

「白が主流になったのは、今の女王アレキサンドラ陛下が婚礼のドレスに白を選んだからよ。昔は色つきのドレスのほうが人気だったの。結婚式が終わったら作り替えて、よそ行きに着られるようにするためにね。今でも真紅とかは人気の色らしいわ」

「ああ、そうだったんですか。カトリーナさんはよくご存じですね」

ローザがいた地域では、わざわざ結婚式のためにドレスを用意することはなく、ヴェールを被《かぶ》って神父の前で宣誓をするくらいだ。

白のドレスにあこがれる、と話をする女性達の話を聞く程度だった。

婚礼のドレスにも歴史があったとはと感心すると、カトリーナは少々気恥ずかしそうにはにかんだ。

「こういう雑学は、いつ小説のネタになるかわかんないから色々集めているの。おばあちゃんも読書家で物知りだったからさ。負けないようにたくさん読んだのもあるわ。まあ、蔵書はおばあちゃんのものだから敵《かな》うわけがないんだけど」

苦笑するカトリーナの表情に陰はなく、懐かしむ色が強い。

ならばとローザは尋ねてみた。

「おばあさまはどのような方だったのでしょう」

カトリーナは戸惑ったようだが、思い返すように目を細めた。

「そうだなあ、頑固で気位が高くて昔気質《むかしかたぎ》な人だったわ。私に結婚を勧めたみたいにね。……でも深い教養を持ったすごい人だったのも本当。あの人は悪人に攫《さら》われても、ただ助けを待つだけじゃなく、知謀を巡らせて主人公を陰から助けるお姫様だわ。――なにより、私にとってはずっと英雄なの」

今まで負の言葉しか出てこなかったカトリーナの口から、はじめて穏やかな言葉が出てくる。ただ不思議な形容だった。

「姫君、なのに英雄なのですか」

ローザの疑問に、彼女は少し照れくさげに話してくれた。

「両親はあまり私に興味がなくて、家庭教師の女の人に丸投げだったのね。その家庭教師がすごく厳しくて、頻繁に手や肩を乗馬鞭《じょうばむち》で叩《たた》かれるのが痛くて怖かったのよ。八歳の頃もうだめって思って逃げ出したのが、このおばあちゃんの家だったの」

「勉強中に鞭で叩かれるのですか？」

ローザは驚いたのだが、アルヴィンはむしろローザが驚いたのが意外だったようだ。

「パブリックスクールでは普通だよ？　家庭教師でも言うことを聞かない子供に体でわからせる、というのはよく取られる手だ」

「うん、アルヴィンさんの言う通り。だから両親に訴えても『私が悪い』って取り合ってもらえなかった。でもね、私はなんでそんなに家庭教師に厳しく叩かれるのかわからなかったのよ。唯一心当たりがあるのは、家庭教師が出入りの配達員と、うちの男の使用人両方と仲が良く見えてね『先生はたくさんの男の人と仲が良いのね！』って言っちゃったことぐらいなんだけど。子供の無邪気な言葉に取れなかったのね。きっと」

今度はアルヴィンがぴんときていないように首をかしげる。

だがローザは、カトリーナのやんわりとした苦笑いで悟った。

「家庭教師の女性は、もしやその二人の方と同時にお付き合いを……？」

「うん。でも父も母も全然気づいていなかったみたい。私には、先生と配達員がお互いを見る目がすごく『特別！』って言っていたのにね」

不思議そうにカトリーナは話すが、ローザは彼女の無意識の感受性に感心していた。

ローザについてたとえてくれたときにも思ったのだ。

「けなげ」や「精霊」などという形容はともかく、まるで自分が歩んできた人生を見通されたようだと。

なぜならローザは、元は労働者階級《ワーキングクラス》出身だ。苦境に立ったときに、アルヴィンに救われて中流階級《ミドルクラス》として暮らしているのだから。

「まあ、なんで明るみになったかはあとね。ともかく、家庭教師は私を抑圧して口封じしようとしていたの。だけど、幼い私にはわかるわけがない。しまいにはあの人が鞭を鳴らす音だけで震えるほどになっていたわ」

「それは、お辛《つら》い経験でしたね。カトリーナさんはこの家に逃げてこられたのですね。そのご実家からはどれくらい離れていたのですか」

「実家はルーフェン近くにあるから、子供の足じゃ半日はかかるわね。歩いている間中、家庭教師が追いかけてきて、鞭で酷《ひど》く叩かれるんじゃないかって怯《おび》えていたわ」

予想以上に遠い道のりに、ローザは息を呑《の》む。

たった八歳の子供が、半日かかる道を一人で歩く決断をするほどの恐怖があったのだ。

ローザは幼いカトリーナの心情を思うと胸が痛くなった。

ただ、カトリーナの顔は明るい。

それは確かに英雄を語る表情だった。

「何度も転んで土まみれになって、膝をすりむいた私を、おばあちゃんは怒らなかった。そして根気強く話を聞いてくれた上で、駆けつけた両親と家庭教師を叱り飛ばしたの」

カトリーナいわく、エスメが大人達を理路整然と論破する様は見物だったという。

今ひとつ理由がわかっていなかった両親は青ざめ、言いくるめようとした家庭教師は、エスメが全く揺らがないことに、顔を真っ赤にしていた。

「おばあちゃんは、私の話だけで家庭教師の不品行を悟ったらしいわ。でもそれを言わずに賭けを持ちかけたのよ」

「賭け、なのですか」

「そう。家庭教師を徹底的に懲らしめるためにね。内容はこうよ」

『ではわたくしがこの子に教育を施します。一ヶ月であなたが教えたこと以上のことを覚えられたら、あなたの教育方法が悪かったということです。カトリンに謝罪なさい』

エスメの口調を真似《まね》たのだろう。どこか厳かで挑戦的に言ったカトリーナは照れくさそうに続けた。

「……別に家庭教師の謝罪なんていらなかったけど。そのとき思ったの、おばあちゃんは私を尊重してくれるんだって」

「その賭けはどうなったのでしょうか」

臨場感ある語り口にどきどきしたローザが、逸《はや》る気持ちのまま聞くと、カトリーナは疲れを含んだ苦笑いになった。

「おばあちゃんとみっちり勉強して、無事に家庭教師を見返せたわ。ただ、鞭はなかったけど、すごく大変だったわね……。『これはわたくしとあなたの名誉がかかっています。気張りなさいカトリン』って言うのはわかるわ。でも後で知ったけど八歳の子供どころか寄宿学校に入る男の子がするような数学の知識まで詰め込まれたんだもん」

乾いた笑いを漏らすカトリーナに、ローザは彼女の苦労を察し曖昧な笑みを浮かべるしかない。

「ま、まあ私が勉強ができるようになったと証明した後、おばあちゃんは家庭教師の不品行も突きつけて、教師は解雇。私はおばあちゃんの家に通うようになったの」

「おばあさまのことをお慕いされる理由はよくわかりました。とてもすごい方なのですね」

「いやいや慕うなんてそんなかゆい言葉使わないで！　ほんとに遠慮なくてこの……！　って思うこともしばしばだったんだから！」

大慌てで否定したカトリーナが見たのは壁際の書棚だ。

「そもそも趣味や性格が違うのよ。私はたくさん新しい本を読むのが好きだったけれど、おばちゃんは一冊の本を読み直すことが好きだった。深く理解して教えるのも得意だったし、自分が本当に良いと思ったものだけを近くに置く人だった。ずばずば言うから、私も生半可な知識じゃ言い負かされて半泣きになったことはしょっちゅうよ」

カトリーナは早口でエスメがいかに自分と違うかを言い連ねる。

だが多くの事柄を話せるのは、相手をよく見ていた証《あか》しだとローザは思う。

とはいえ、彼女が素直に認めたくないのは察していたので、ローザは神妙に聞いていたのだが、カトリーナは敏感に気がついた。

「あっローザ、おばあちゃんはいい人なんだなあとか思ってるでしょ。ほんと容赦がなかったんだから。――たとえばこれよ！」

カトリーナは一旦ドレスをベッドに置くと、自分の耳につけていたイヤリングを一つ外して指し示した。

「このイヤリングね、骨董市《こっとういち》で気に入って買ったの。だけどおばあちゃんに見せたら、ため息をつかれたのよ。『これは色石では意味がないわ』って言ってね。あのときばかりはこのくそばばぁ……って思ったものだわ」

悪態をついたカトリーナは、しまったとローザに対し申し訳なさそうな顔をする。

「ごめんね、ルーフェンの下町で暮らしているとちょっと言葉が移っちゃって……あなたに聞かせるような言葉じゃなかったわ」

「いえ、お気になさらず。慣れておりますので」

ローザは労働者階級が暮らす地域で育った。くそばばぁ程度の悪態はかわいいものだ。

「慣れている」という言葉に目を丸くするカトリーナをよそに、ローザはイヤリングを観察してみた。

ランプの光源で見ると少々橙色《だいだいいろ》がかった色味に見えるが、銀色の地金に色が違う六つの石が塡《は》まっている。

ただ、その石が不思議な色合わせをしていた。

赤、緑、深紅、紫、赤、白である。

ない、とまではいわないが、同系色を合わせたり、石ならば一つだけで使ったり、と調和がとれるように使うはずだ。

「不思議な組み合わせですね……っ！」

ローザがまじまじと見ている傍らに、ふいに人の気配を感じた。

ここには幽霊を探しに来たのだ。ローザは思わずびくついたが、視界に見えたのはろうそくの光を反射する銀色の髪だ。

興味を持ったらしいアルヴィンが、ローザの肩口から覗《のぞ》き込《こ》むようにイヤリングを見ていた。

「ふむ、これは確かに色石では意味がない部分はあるね」

安堵《あんど》したローザだが、驚いてしまった自分が恥ずかしくなり、頬に熱が上っていく。

そんなローザの様子にアルヴィンは気づいたらしい。

「ローザ、少し驚いたみたいだけどなにかあったかな？」

「その……アルヴィンさんが急にお側にいらしたことに、思わず驚いてしまったのが恥ずかしかっただけなのです。お気になさらないでください」

ローザは少しでも火照った頬を冷まそうと手で覆いながら顔を背ける。

その姿を見たアルヴィンは、不思議そうに自分の胸に手を当てる。

以前ならローザが気にするな、と言えばそれで終わったのに、どうしたのか。

少し興味を引かれたローザは尋ねようとしたが、カトリーナの妙なものを見るような表情に口をつぐんだ。

「あなた達、店主と従業員なのよね。いつもそんなに距離が近いの？」

「アルヴィンさんはいつもこうなのです。お気になさらず」

「そう、なの？　あ、確かにアルヴィンさんは私にもすごく距離が近かったわね。……まあいいや。アルヴィンさんはやっぱりこれがなにか知っているのね」

ひとまず話を戻したカトリーナに、アルヴィンも応じた。

「ああ、今は夜だから、石の鑑定まではできないけれど、これはメッセージジュエリーとして作られたものだろうね」

「メッセージジュエリー、ですか？」

初耳の区分にローザは単語を繰り返す。

アルヴィンはイヤリングに並んだ石をなぞった。

「デザイン的には少々ユニークだろう。調和がとれているとは言いがたい。けれどね、これは使われた石と並び順が重要なんだ。ローザ、この色の石であれば、どのような宝石が考えられる？」

「そう、ですね……数が多いのですが、緑はエメラルド、赤ならガーネットやルビー、紫ならアメジスト……白でしたらダイヤモンドでしょうか」

「おお、良《い》い線いっているよ。ルビー、エメラルド、ガーネット、アメジスト、ダイヤモンドが使われることが多い。この宝石の頭文字を取って読むと、メッセージになるんだよ。書いたほうが早いね。ええと紙とペンは……」

「これ使っていいですよ」

アルヴィンが自分の懐を探っていると、カトリーナが手のひら大のメモ帳と万年筆を手渡してくれた。

礼を言ったアルヴィンがさらさらと書いていく。

ローザは横からメモを覗き込んで納得した。

R＝Ruby《ルビー》
E＝Emerald《エメラルド》
G＝Garnet《ガーネット》
A＝Amethyst《アメジスト》
R＝Ruby《ルビー》
D＝Diamond《ダイヤモンド》

「REGARD《リガード》……敬愛、尊敬するという意味になる言葉ですね」

「そうだ。宮廷時代には、直接的に想《おも》いを伝える行為はエレガントではないとされたらしくてね。婉曲《えんきょく》に伝えることが美徳とされていたんだ。だからこのような言葉遊びに託して意中の相手に贈るために作られたのが、メッセージジュエリーなんだよ」

「おばあちゃんにもそう説明されたわ。言葉を表すものだから、できれば本来の宝石のほうが良いものよってね。骨董市でよく確かめもせずに即決したから知らなくて……。私っていつもそう。良い！　と思ったら突っ走っちゃって痛い目を見るの。おばあちゃんにも、『あなたは考えてから行動したほうが良いわ』って忠告されたわ。おばあちゃんが呆《あき》れるのも当然よね」

力なく肩をすくめるカトリーナに、懐から出したルーペでイヤリングの細工を見ていたアルヴィンは顔を上げた。

「このイヤリングはなんらかの事情で石だけ取り出された後、廉価で手に取れるよう色石を塡め込んだのだろうね。ただこの色石を使ったことからして職人はメッセージジュエリーだと理解した上で、なるべく意図を残して直したのだろう。仕事としては丁寧だ」

淡々としたアルヴィンの評価に、カトリーナはぱちぱちと瞬《まばた》いた。

その言葉をどう受け止めて良いのかわからないようだ。

ローザも少し気になったことがあったから、カトリーナに聞いてみる。

「カトリーナさん、このイヤリングはご自身で気に入られて購入されたのですよね」

「え、うん。見た瞬間かわいい！　って思って。値段からして宝石じゃないな、とは考えていたし」

「でしたらアルヴィンさんのおっしゃる通り、品物自体は良いものです。身につけたいと感じた気持ちを大事にされて良いと思います」

カトリーナの榛色《はしばみいろ》の瞳が大きく見開かれる。そして、どこか気が抜けたようにイヤリングに視線を落とす。

「そうだったわ、このイヤリングはすごく気に入って買ったのよ。おばあちゃんだって『でも趣味は悪くはありませんね』とも言ってた。だめだって思い込んでたのは私のほうなのね」

カトリーナはイヤリングをつけ直した。

彼女の表情が明るいのを見て、ローザもまたほっと安堵する。

そのときだった。

はにかんだ笑顔の傍らにあったろうそくの炎が、ぼう、と青く燃え出した。

ローザとカトリーナはひゅっと息を呑《の》んでろうそくを見た。

青い炎はごうごうと燃え盛り火花を散らしはじめる。

その激しさと不気味な青は見るものの不安を煽《あお》る色をしている。

「な、なに！　なんなの!?」

カトリーナの悲鳴のような声を聞きながら、ローザはろうそくの燃える焦げ臭さの他に、鼻に突く腐臭にも似た匂いを感じた。

奇妙な匂いではあったが、どこかで嗅いだことがあるような気がする。

動揺しつつもローザが記憶をたどろうとした矢先、青い炎が唐突に消え去る。

ろうそくを見つめて光に慣れていた分だけ、視界は真っ暗に染まった。

同時に、ひんやりとした冷気が忍び寄ってくる。

ローザはどくん、どくんと、脈打つ自分の鼓動を嫌に大きく感じた。

室内の緊張が破裂しそうなほどに高まったとき。

暗闇に、エスメ・コリンズが現れた。


幽霊の話を聞いたとき、ローザがまず思い出したのは、バン・シーの件だ。

相談してきたジェシカが見たのは、ローザの持つロケットの中にある鏡に刻まれた肖像画に光が反射したもので、それが人影に見えたのだった。

カトリーナの不安はわかっていたが、そういう可能性もあり得ると考えていた。

しかし、今ローザの目の前に見えるのは、肖像画そっくりの若い頃のエスメなのだ。

今見たばかりの赤いウエディングドレスとパリュールをすべて身につけた彼女は、虚空に超然と佇《たたず》んでいる。

手元すらぼやける乏しい明かりの中で、ドレスの赤が見えることがまずあり得ない。

エスメの表情は恨めしげにゆがみ、こちらを睨《にら》んでいるように感じられた。

「や、やっぱり、おばあちゃん、怒ってるの……!?」

泣きそうな声でカトリーナが呼びかけるが、虚空に浮かぶ彼女は微動だにしない。

やはりエスメはなにかに怒りを覚えているのだろうか。

ローザも背中に寒気を感じながら立ち尽くすしかない。

そんなローザの脇を、アルヴィンがすり抜けた。

窓際にたどり着くとカーテンを勢いよく開ける。

ごう、と外の冷たい風が吹き込んできたとたん、エスメの幽霊も虚空から消えた。

さらにアルヴィンは窓枠を素早く乗り越えて外へと出たのだ。

「アルヴィンさん!?」

窓に駆け寄ったローザは、暗がりに目をこらしてアルヴィンの姿を探す。

我に返ったらしいカトリーナも、つけっぱなしだったランプを持ってきてくれる。

「一体なにがあったの!?」

カトリーナの混乱した声が響く中、外からぎゃっと野太い悲鳴が上がった。

暗闇から戻ってきたアルヴィンの手には、箱状のものが抱えられていた。

ランプの明かりに照らされて、ぽうっと浮かび上がる彼の表情は、納得感の中に残念そうな色がある。

「アルヴィンさん、なにがあったのでしょうか」

「うん。幽霊に会ってきた」

「会って⁉」

さらりと語られた言葉にローザが驚いているうちに、アルヴィンは窓越しに箱を手渡してくる。

箱は木製らしくしっかりした作りで、ローザが抱えるほどの大きさだ。

天井部分には煙突のような筒があり、側面の一つにはカメラのようなレンズが突き出していた。

ローザが不思議な形状の箱を観察していると、窓枠を飛び越えた彼が言った。

「とりあえず、まともなろうそくと、明かりをもらってきてから、幽霊の正体を解き明かそうか」

ランプにぼんやりと照らされるアルヴィンは、妖精のように神秘的だった。

新たなろうそくとランプで照らされた室内で、サイドテーブルに置かれたのはくだんの不思議な箱だ。

形状はカメラによく似ているが、側面には穴が開いている。ローザにはどうにも使い方がわからないものだった。

「ねえ、どういうこと、幽霊の正体って……あなたも見たでしょ、あれは肖像画にあった若い頃のおばあちゃんそのままだったわ」

未《いま》だ不安が拭えないカトリーナが言うことも本当だ。

ローザもよく覚えている。虚空に浮かんでいた姿は、応接間の肖像画そのものだった。

しかしアルヴィンは箱を検分しながら応えた。

「僕もちゃんと見たよ。でもよく思い出してくれるかな、若いエスメ・コリンズが身につけていたパリュールはなんだっただろうか」

「ええと、そりゃ、もちろん……全部じゃなかったかしら。ティアラと、ネックレスに、イヤリングもあったわ、よね」

アルヴィンの平静さに面食らいながらも、カトリーナは素直に思い返したがあまり自信はないらしい。

確認するように見てきたので、ローザもまた思い出して頷《うなず》いた。

「はい、胸元にはブローチと腕にもブレスレットがあって、パリュールのすべてを身につけられていたかと思います」

「それはおかしいよ。なぜなら現状ネックレスとイヤリングは盗まれているんだ。この場にないものを身につけているのは違和感がある」

大まじめに語られて、ローザは一瞬理解が遅れた。

カトリーナは言わずもがな、戸惑いがちにしている。

「えっ、でも幽霊よ、それならおかしくは」

「身につけているのであれば、幽霊はパリュールを所有している。なら君が言った『盗まれたと怒って出てくる』という論理が成り立たなくなる」

「た、確かに？」

幽霊相手に整然と理屈を語るアルヴィンの勢いに押されてか、カトリーナも思わず納得したようだ。

「他にも、パリュールが自分のものだと主張するために現れた可能性はある。けれどそれ以前に、先ほどの『幽霊』は、応接間の肖像画とほぼ同一だったんだ」

確信を持って話すアルヴィンに、カトリーナは理解が及ばなかったようだ。

しかし彼のたぐいまれな記憶力を知っていたローザは、彼の意図を察してまさかと確認した。

「もしやあの肖像画を参考に作られた幽霊、ということでしょうか」

「ああ、おそらく表情だけいじって描かれたものだろうね」

「どうやって!?」

カトリーナの動揺に、アルヴィンはマッチを片手に箱を指し示した。

「この、マジックランタンを使ったんだよ」

アルヴィンは箱の扉を開けると、しゅっと擦ったマッチを中に入れる。

すると、レンズが向いた先の壁にうっすら浮かび上がったのは……否、映ったのは、先ほど見た花嫁姿のエスメだったのだ。

とても精巧だったが、明るい中で見ると平面的で、応接間の絵画とそっくりなのもよくわかった。

「かつてフィンス国で流行《はや》った投射機《とうしゃき》なんだ。使い方は簡単で、このレンズの根元にガラス板をセットして、中に入ったろうそくで照らすだけ。するとガラス板に描かれた絵が壁に投射される仕組みだ。これが発明された当初は、『ファンタスマゴリア』という幽霊ショーが開かれて人気を博したというね。エルギスにも持ち込まれて、幽霊ショーだけでなく、妖精女王と騎士の話が興行されることもある」

アルヴィンは言いながら、箱から取り出したガラス板を見せてくれる。

思ったよりもガラス板は小さかったが、明かりに透ける染料で精巧にエスメの絵が描かれているのは見て取れた。

ローザはこのような壁に映ったイラストを見たことがあるのを思い出した。

「そういえば、路地で子供相手に、妖精の絵を壁に投影しながら公演しているのを見たことがあります」

クレアのお使いの最中に路地裏で見かけた興行だ。

集まった子供達の前で、興行主が箱の中に明かりをつけたとたん、壁に羽を持った少年が映し出された。あれがマジックランタンだったのだ。

「うん、マジックランタンは構造自体は単純だからね。持ち運べるよう小型化されたもので幽霊ショーに限らず巡業されることもあるようだ。だから僕達は確かに幽霊を見たとも言えるんだね」

アルヴィンの説明を聞いているうちに、ローザの激しい鼓動が徐々に収まり、落ち着いていく。

息を呑んでいたカトリーナも、壁に映ったエスメをじっくりと見ると表情から恐怖が薄れていた。

「確かに、ただの絵ね……？　どうしてこんなものをおばあちゃんだなんて思ったんだろう」

「東洋にはこういったことわざがあるというよ。『幽霊の正体見たり、枯れ尾花』ってね。ただの枯れた草木でも、暗闇でなら幽霊に見間違える。人は極限状態の恐怖にあると、思い込みで見たいように見てしまうんだ」

自分を恥じていたらしいカトリーナは、アルヴィンが応えてくれるとは思わなかったのだろう。

彼女が面食らう前で、アルヴィンはマジックランタンをひと撫《な》でする。

「これが投影されていると気づいて、壁と対面する窓から映していると判断したんだ。窓からなら厚いカーテンで姿も隠せる」

「っ！　途中急に室内が寒くなったのは窓が開けられたからだったのでしょうか」

エスメが現れたときに寒気を覚えたのは、けして幽霊が現れたからではなかった。

「そうだ。僕が開いた窓の先では、見知らぬ男がマジックランタンを操作していたよ。僕に気づいたら逃げていこうとしたけど、途中でなにかに足を取られて転んで気絶した。たぶんあれは足を折っているから、朝まで自力で逃げられないだろうね。朝になったら僕が通報しに行くよ」

「そうでしたか。アルヴィンさんがご無事でなによりでした」

「えっ知らない男がいたの!?　そいつがあの短時間で転んで気絶して、しかも足を折って動けない……？　どれだけ運が良《い》いのあなた!?」

安堵《あんど》するローザの横でカトリーナが目を剝《む》く。

ローザはアルヴィンの幸運を承知していたからあまり驚かない。だが、カトリーナのようにはじめて遭遇する人にとっては驚くべきことなのだ。

改めて感じていると、アルヴィンは涼しい顔で肯定する。

「僕は運が良いからね」

「そ、それでいいのかな……。じゃない！　じゃあ、あのろうそくの青い炎はなんだったの！」

「うーんそれはすぐにはわからないな……。ローザはなにか気づいたことはあるかい？」

アルヴィンに聞かれて、ローザは改めて先ほどの出来事を思い返す。

といっても、ローザは青い炎に変わった瞬間は見ていない。

気がついたらろうそくが青く激しく燃えていたのだ。

だからこそ死者の怒りのように思えたのだが。

視覚以外になにがあったかと考えて、鼻に感じた匂いを思い出した。

「青い炎が燃えている間、怪しい匂いがしたのです。地獄の匂いかと思ったのですが、どこかで嗅いだことがある気がして……町中、だと思うのですが……」

町中で嗅いだという感想自体が怪しい気がして、言葉は途切れがちになる。

が、アルヴィンは思い至ることがあったらしい。

「なるほど、町中でか」

彼は先ほどまで燃えていたろうそくと、溶けた蠟《ろう》をじっくりと観察する。

さらに鼻を寄せて蠟の匂いを嗅いで、納得して顔を上げた。

「卵の腐ったような匂いがかすかに残っている。これは硫黄の化合物、硫化水素の匂いだろうね。ルーフェンに漂う霧には、石炭を燃やしたものや、近くの工場から出る排ガスが混ざっている。そこには硫化水素の匂いが含まれているんだ」

アルヴィンは青く燃えたろうそくを手に取った。

「おそらく、このろうそくの蠟か芯に硫黄が混ぜられていて、一定時間の後に燃えるように調整されていたのだろう。硫黄を燃やすと炎が青くなるんだ」

「つまり、前も今も私が見たのは、おばあちゃんの幽霊じゃない？」

カトリーナが、ぽつりとつぶやく。

彼女の表情は、今までの豊かな表情とは打って変わって硬い。

それは抱いた希望が否定されたら恐ろしい、という不安の裏返しだ。

アルヴィンは、カトリーナの心の揺れは理解していないのだろう。

「そうだよ。代わりに、君にエスメの幽霊が怒っていると思い込ませたい人間がいる」

淡々とした言葉に、カトリーナははっとした顔をする。

「根拠は、このマジックランタンに使われたガラス板だ。さすがにガラス板に描くのは職人に頼まねばならないだろう。エスメの絵画を持ち出し、注文できる人物が作ったということになる」

ローザもマジックランタンのガラス板を見る。

あの絵はこの家の応接間に飾られていた。持ち出すにしても、この家に出入りできる人間がかかわっているということだ。

「今外に転がっている男は、ついた悪態からして詳しい理由は知らないだろうね。身なりからしてもお金で雇われた人間だろう。青い炎を合図に、ランタンを投射して君にエスメの幽霊を見せる算段だったんだろうね」

「で、でもなんで……私が」

顔を強《こわ》ばらせるカトリーナの疑問はもっともだ。

「僕は君の交友関係を知らないから推測だけど。一番自然に思いつくのは――」

アルヴィンは今もサイドテーブルに置かれているパリュールを指さした。

「君が受け継ぐパリュール、これを手放させたいのだろうね」

思わぬ悪意の発覚に、カトリーナはじっとパリュールを見つめる。

ローザは彼女の横顔が硬く青ざめているように感じられた。

けれど、深く息を吐いたカトリーナは自分に言い聞かせるように言った。

「でも、幽霊は作り物で。おばあちゃんが怒っていると思ったのは、私の思い込みだった。それがわかれば今は充分だわ。ありがとうアルヴィンさん、ローザ」

彼女の表情はぎこちなかったが、しかし幽霊が現れる前よりはすっきりしていた。

ローザは安堵しつつも、彼女を取り巻く暗雲が晴れていないことは、強く意識する。

その中心にあるろうそくとランプの明かりに照らされるパリュールは、色彩により深みを感じさせた。

二章　混迷のブレスレット

青薔薇骨董店《ブルーローズアンティーク》は冬の美しさに染まっていた。

エルギスの冬に欠かせない柊《ひいらぎ》、清楚《せいそ》な水仙やエキゾチックなカメリア、雪のように咲くノースポールなどの冬の花や植物をモチーフにした骨董《こっとう》が並んでいる。

ディスプレイ用のケースには、スノードロップの花びらも可憐《かれん》なネックレスが佇《たたず》む。茎がすくりと立ち上がるシクラメンがあしらわれた陶器の飾り皿のセットも、ずらりと並べられた。

冬の植物は物静かで慎《つつ》ましい佇まいのものが多い。

だからこそ、きんと冷えた冬に瑞々《みずみず》しく感じられた。

ローザはジュエリーのディスプレイを前に一生懸命悩む客の女性を見守りながら、聖誕祭のもみの木に飾るオーナメントを取り出していく。

オーナメントには定番の妖精女王のものや、彼女に愛された騎士もある。

赤い三角帽子を被《かぶ》った小人も、海の向こうに伝わる森に住む妖精なのだという。

青薔薇骨董店で働きはじめてからはじめて知ったことだ。

もうすぐ聖誕祭が来るから、ツリーに飾るオーナメントの他にも、プレゼント用のアクセサリーがよく売れるのだ。

「従業員さん、決めたわ。こちらをいただけるかしら」

「はい、かしこまりました……っ」

ローザは女性に示されたものを見てはっとする。

女性客に示されたのは、意匠化された花の中に六つの色の違う宝石が塡《は》め込《こ》まれたカフスボタンだった。

「先ほど、店主さんが教えてくださった話がいいなと思って。メッセージジュエリーというのでしょう？　密《ひそ》かに想《おも》いを伝えられるって良いわね」

「ええ、贈り物にふさわしいと存じます。ではお包みいたしますので、どうぞこちらでお待ちください」

客を椅子に案内し品物を出す。

その間もローザが思い出すのは、メッセージジュエリーを見せてくれたカトリーナと、コリンズ邸での顚末《てんまつ》のことだった。

＊

エスメの幽霊の正体を暴いた翌朝、同じ場所にうずくまっていた実行犯を警察に引き渡した。

やはり男は金と道具をもらって動いただけらしく、指示した人間は偽名を使っていたらしい。警察も一応他のパリュールの捜索と共に犯人を探してくれるらしいが、難航するだろうと言われた。

ロビンは犯人を縛って警察に連絡した頃になって、ようやく現れた。

「おや幽霊の正体がわかったのだね。なによりだった。君達も大変だったな」

彼は幽霊が偽りだと聞いても特に驚かず、ただアルヴィン達を儀礼的にねぎらった。

白々しいとカトリーナは怪しんでいたが、犯人と顔を合わせても面識はないとわかっただけだ。

カトリーナはエスメの幽霊の正体がわかったからか存外元気だった。

だがやはり、自分を付け狙う相手がいることは気がかりのようだ。

「私はまだ行方不明のチャーリーがやったんじゃないかって思ってる。あいつならおばあちゃんちに出入りし放題だし、パリュールを一度売ったんだから価値があることもわかっているはずよ」

「チャーリー様はどのような方なのでしょうか」

警察の調査を見守りながら、ローザが尋ねると、カトリーナははっきり顔をしかめた。

「血縁ではあるけど、はっきり言ってクズよ。あっちへふらふらこっちへふらふらしている。紹介された仕事もすぐに辞めて、ちょっとお金ができると競馬やギャンブルにぱっと使っちゃう。お金に困ったらいろんな人から無心してた。おばあちゃんのところにも何度も来ていたわ。おばあちゃんはかわいい孫って気持ちが抜けないみたいで、マーチンさんを通していくらかお金を渡していたみたい。でも最近は目に余っていたから諭してたわ」

「放蕩者《ほうとうもの》ってことだね」

アルヴィンの相づちに、カトリーナは力一杯頷《うなず》いた。

「そうなの！　昔はまだかわいげがあったんだけど、楽な方向に逃げることを覚えてからはもうだめよ。脇が甘いから騙《だま》されることも多くて、そのたびに私のアパートに来ては飲んだくれてたわ」

そのときのことを思い出したのだろう、カトリーナは重いため息を吐いた。

「警察がチャーリーの部屋を調べてくれたけど、パリュールのネックレスとイヤリングはなかったって。おおかた、ブローチを売り払って価値に気づいたから、他のパリュールも手に入れようとしたんじゃないかしら」

ローザは彼女の言い分にも一理ある気がした。

ギャンブルに熱を入れていたのであれば、金銭に執着するのは頷ける。

ただ、どうにも腑《ふ》に落ちない部分がある気がするのだが、ローザにはそれがなにかわからなかった。

警察の捜査が一段落する頃になって、騒ぎを知ったマーチンが駆けつけてきた。

酷《ひど》く狼狽《ろうばい》したマーチンは、カトリーナとローザの心配をしてくれた。

「カトリーナ、エブリンさん、恐ろしい思いをしたね……」

「うん。でもおばあちゃんが怒って幽霊になったわけじゃないってわかったので……」

ぎこちなく微笑《ほほえ》むカトリーナに、マーチンは深刻そうな顔で語る。

「ミズ・コリンズが大事にしていたパリュールだったが……。辛《つら》い思いをさせるためではなかっただろうし、楽になる方向を選んでも良いと私は思いますよ」

マーチンの労《いたわ》るような言葉に、カトリーナは表情を曇らせて口をつぐむ。

カトリーナを案じたローザは側にいたのだが、マーチンが話しかけてきた。

「君もカトリーナについてくれてありがとう。彼女は大事な人の忘れ形見だからね。必ずお礼をしに行こう。このように出会えたことも運命だろうから」

「い、いえ……」

警察に事情説明をしていたアルヴィンが戻ってきたため、話は終わった。

なんともいえない奇妙さを残してコリンズ邸を後にしたのだ。

＊

カフスボタンの客を見送ったローザは、定位置である深緑色の椅子に戻る。

そこで、新聞を広げていると、アルヴィンが現れた。

彼の手には小包が握られている。

「なにか配達がございましたか」

「うん、ちょっとね。ローザは新聞を読んでいるんだ？　うちで配達を頼んでいるものではないようだけど」

アルヴィンは小包をローザから見えない位置にしまうと、そう問いかけてきた。

「カトリーナさんの書いた小説が載っているのです。読み物はあまり読んだことはなかったのですが、とても面白くて……」

カトリーナに本名で活動していると聞いたから、コリンズ邸から戻ってすぐ、貸本屋で紹介してもらったのだ。

ローザは字は読めるが、金銭的に余裕がある生活をしていなかった。貸本屋でも少なからずお金がかかるため、かつては進んで借りて読むことはなかった。

カトリーナの小説は、そのようなローザでも読みやすく、気がついたら読み終えてしまっていた。胸が弾んでわくわくして、夢中で読んだものだ。

借りた本だけでは物足りなくなったローザは、こうして彼女の小説が掲載された新聞を購入したのだった。

読んでいる最中の心地よさを思い出し、ローザは頬が緩む。

すると、アルヴィンが一瞬固まった気がした。

「どうかいたしましたか？」

「ああ、うんいや……？」

煮え切らない返事をするアルヴィンは、妙に胸を気にするそぶりをみせたのだった。

＊

アルヴィンの様子が変な気がする。

青薔薇骨董店の休日、ローザは借りた雑誌を手にした帰り道に思案していた。

なにか業務が滞っているわけではないし、いつも通り距離も近い。接客も普通だ。

しかしながらローザと話しているときに、時々胸のあたりを気にするのだ。

「顔色は健康的に見えますから、病気などではないとは思うのですが」

今日アルヴィンは、どこかに出かけている。

店が休みのときにはたいてい妖精にまつわる調べものをしている。

だからおかしくはないのだが、最近は興味のある研究題材があるのか特に熱心だ。

ふとローザは聖誕祭のもみの木が目に入り、聖誕祭が近いことを意識する。

「アルヴィンさんとグリフィスさんは、聖誕祭をどう過ごされるのでしょう」

店の飾り付けはした。

クレアも聖誕祭のプディングや、ミンスパイに必須のミンスミートも作っていた。

ミンスミートはレーズンなどのドライフルーツ、柑橘系《かんきつけい》のピール、生のりんごやくるみなどのナッツをブランデーとスパイスにつけ込んで熟成させる必要があるのだ。

ただ店が忙しかったこともあり、一度も当日について話せずにいたのだ。

ローザは今年はじめて、母がいない聖誕祭を迎える。

これからそれが当たり前になる。

立ち止まったローザは、無意識に服の下の胸元にあるロケットを握った。

今日もクレアは出勤して食事を作ってくれている。彼女に今まで彼らがどう聖夜を過ごしていたのか、確認してみるのも良《い》いかもしれない。

考えたローザは表玄関ではなく、裏口に続く路地へと向かった。

中庭に降りて裏口から入って硬直する。

予想通りキッチンにはクレアがいた。

彼女は作業台をテーブル代わりにスコーンと紅茶を出していて、かまどの近くにある丸椅子に座る男性に話しかけている。

「まあ、良い食べっぷりねえ！　グリフィスさんみたいだわ」

「モーリスさんのお菓子がおいしいからだよ。こんなにクリームも添えてもらえて最高さ」

「まあまあお上手だこと。それにしてもクリームをよく盛るわねえ。あらっローザさんお帰りなさい！　外は寒かったでしょう。さあかまどの近くにいらっしゃい」

クレアはローザに気づくと、ぐいぐいと引き寄せて丸椅子に座らせてくれる。

そうすれば、隣に座る先客の青年と目が合った。

彼はこんもりとクリームを載せたスコーンを一旦皿に置くと、青い瞳を細めてにっこりと笑った。

「やあローザさん、お邪魔しているよ」

燃えるような赤い髪をなでつけた、華やかな美貌の青年。

花嫁のパリュールの所有権を半分持つ弁護士、ロビン・パーカーだったのだ。

なぜここに、と尋ねる前に、ローザはロビンの手にあるスコーンに釘付《くぎづ》けになる。

彼は半分に割ったスコーンにクロテッドクリームを山のように塗っていたのだ。

いいや、塗るというより載せるというほうが正しいだろう。

スコーンよりもクリームが多くなったところで喜々として頬張った。

よく見ると、紅茶にもミルクがたっぷりと入れられ優しい褐色になっている。

ずいぶんクリームが好きなのだな、と驚いたローザだが、はっと我に返る。

「……ごき、げんよう、パーカーさん。どうして、こちらに？」

ローザが挨拶をすると、ロビンはティーカップの取っ手をつまみながら言った。

「店の近くを通りかかったら、モーリスさんがかご一杯のタマネギを落としてしまっているのに遭遇してね。拾って運ぶのを手伝ったら、お礼にお茶に招待してもらったのさ」

「そうなのよ！　しかも青薔薇骨董店にご用があるというじゃない。でも今日はお休みだし、アルヴィンさんがいつ帰ってくるかもわからないでしょ？　だから中でお茶をしながら待っていてもらったのよ。もしかしたらパーカーさんの用事がローザさんですむかもしれないし。はい紅茶よ。アルヴィンさんほどおいしくないのは許してちょうだいね」

クレアは弾丸のように話しつつ、ローザにティーカップを差し出してくれる。

ひとまず持っていた雑誌をテーブルに置いたローザは、クレアに礼を言ってカップに口を付ける。

思ったより凍えていたらしく、体の芯に温かいものが通っていくのを感じた。

しかしその間もローザはどうすれば良いのか、とめまぐるしく思考を回転させていた。

気がかりではあるが、幽霊の正体を解き明かしたことでカトリーナの依頼は終わった。

だからこそ、ロビンがなぜ店に現れたのかわからない。

それに、アルヴィンはロビンのことをあまりよく思っていないようだったのもある。

ローザはどう対応したら良いか苦慮しているのだが、その前に言うべきことがあった。

「クレアさんを助けてくださってありがとうございます」

「おや」

ロビンが少し目を見張る。

その反応は、若干意外そうに思えて、ローザは変なことを言ったかと一瞬考えた。

そんなとき、クレアがはっと立ち上がった。

「いけない、チーズを買い忘れたわ！　グラタンにチーズがないなんてとても残念な夕食になっちゃう」

「でしたら……」

「それはいけないね。どうか夕食のために行ってくると良い。私のことは気にしないでくれ、エブリンさんがいてくれるしね」

ローザが自分が行くという前に、ロビンに先んじられる。

クレアは心底ほっとしたものの、忠告するように眉根を寄せて指を立てる。

「助かりますけど、ローザさんに妙なちょっかいを出さないでくださいね。この子はとても良い子なんですから。じゃあローザさんごめんね、行ってくるわ！」

再びかごを持ったクレアは、ふくよかな体で驚くほど機敏に去っていってしまった。

二人きりになってしまったローザは、ロビンに視線を戻すしかない。

「さてモーリスさんが買い物に行ってくれてちょうど良かったね。彼女はなにも知らないようだから、話しづらかっただろう」

そう言った彼は愉快そうにローザを見返している。

一つ呼吸をして気持ちを落ち着けたローザは、若干緊張しつつ問いかけた。

「パーカーさんは、どういった御用向きでしょうか？」

「君と話すために、と言ったら喜んでくれるかな？」

ロビンは己の魅力を十全に承知している角度で微笑んだ。

とても魅力的なのだろうとローザは思ったが、本気のようには見えなくて言葉に困る。

しかし、ロビンにとってはその反応も意外だったらしい。

笑みを収めたロビンは、しげしげとローザを眺める。

「これだけ劇的に登場したら、普通なら警戒するだろうに。君は構えないんだね。カトリーナに肩入れしている君達は、私を敵視していると思っていたけど」

本気で不思議そうにされたことで、ローザは試すための言葉だったのだと理解した。

だが、その問いにになら答えられる。

「わたしどもの目的は、あくまでパリュールを拝見することでした。コリンズ邸でのやりとりはわたし達の管轄の外です……パーカーさんに対して悪感情はございません」

「ほう、いわば他人と。そこまで割り切れるのは面白いな」

端的にまとめられてしまい、ローザは決まりが悪くなってしまう。

ローザだってカトリーナを取り巻く問題に無関心というわけではないからだ。

「いえ、その……わたし個人としては、パーカーさんがなぜパリュールに思い入れがあるのかは、気になります」

なぜかロビンは目を丸くした。

「どうしてそう思った？　まさか私の言い分をそのまま信じているわけではないだろう？」

「それはそうですが……パーカーさんがパリュールを扱う手つきや、見るまなざしがとても優しいように感じられたのです」

ローザがよく覚えているのは、ロビンがパリュールを扱う姿だ。

彼は一度もパリュールを雑に扱わなかった。

高価なものである、というだけでは収まらない。彼がパリュールに触れるときは優しげで、少しの悲しみを帯びていた。

そう、たぶんローザがロケットを扱うときと同じように。

よほど思い入れがないとそのようにはならない。

「だから、カトリーナさんとは違うでしょうが、パーカーさんにとっても思い入れのあるものなのだろうと思ったのです」

ただ、これはあくまでローザの所感だ。

カトリーナの言を借りれば、葬式の後に急に現れた彼が、パリュールに対してなぜそのような思い入れがあるのかという疑問はある。

どう聞いてみようか、ローザが悩んだ視線の先でロビンが口元を手で隠した。

その仕草がとても困っているように思えて、ローザはぱちぱちと瞬《まばた》いた。

「いや、うん。まいったな……」

「違いましたでしょうか……」

つぶやいた言葉の意味はわからなかったが、柔らかいところに踏み込んでしまっただろうかと案じた。

ただロビンが紅茶を傾ける横顔は、どこかばつが悪そうに見えた。

「あのパリュールは、彼女から託されたものだからというだけだよ。幸せなお嬢さんの元へ行ってほしい、というね」

彼から垣間《かいま》見えるのは懐かしみだ。

ローザははじめエスメに対してだろうかと思ったが、なんとなく違うような気もした。

「今のカトリーナにはあのパリュールは重いようだった。やっかいないわくも付きかけていたから、引き取るのも吝《やぶさ》かではなかっただけだ」

重い、というのが物理的な重みではないことくらいはすぐに悟った。

カトリーナは、祖母の期待と自分の夢が相反することで苦しんでいる。

「君は、パリュールの謂《いわ》れは知っている？」

「少しだけ、カトリーナさんからうかがいました。良き花嫁が幸せになれるよう、パックが助けてくれる祝福がかけられている、と」

ローザの答えに、ロビンはやんわりと苦笑する。

「はじめは違ったんだよ。あのパリュールは、親友の女性が言葉にできない想《おも》いを伝えるために、彼女が作ったんだ。内気ではにかみ屋だった親友の代わりに、パリュールで想いを表せるように、ね。だからパックの祝福なんておまけなんだよ」

「彼女というと女性が作られたのですか。けれどピンチベック社の二代目はエドワードで男性名でしたが」

ローザが疑問を口にすると、ロビンは若干しまったという顔をした。

どうしたものかと思案した彼は、言いにくそうに話し出す。

「あの時代は、今よりも女性というだけで正当に評価されなかったからね。しかも男ばかりの職人の世界だ。身を守るため男性名で出していたんだよ。彼女はたかだかそれだけで、自分の作品が評価されるのなら安いものだと思っていたようだ」

まるで実際に見てきたように語る人だ、とローザは思った。

同時に彼の言葉の端々で、パリュールに対する愛着があることを再確認する。

大事な人にまつわる物を思い出すときの悲しみ、悼み、それでも拭えぬ懐かしさは、ローザにも覚えがあった。

母の形見であるサラマンダーのロケットを見るたびに、母の顔が蘇《よみがえ》ってくる。

ロビンには、パリュールがそうなのだろうとローザは感じた。

彼にとってはあまり続けたくない話題だったのだろう、ロビンは強引に話柄を変えた。

「だからまあ、カトリーナが本名で活動しているのは少し驚いたかな」

彼が視線を向けたのは、ローザが借りてきたカトリーナの短編小説が載る雑誌だった。

ただ、彼女の名前は裏表紙に小さく載っている程度だ。

ロビンの位置からは、とてもではないが見えないはず。

つまりは、雑誌にカトリーナの短編小説が載っていることを、あらかじめ知っていたことになる。

それこそ、彼はカトリーナには興味がないと思っていたため意外だった。

ロビンはローザの反応で察したらしい。

「中身はこれから、ってところかな。ならネタばらしはしないでおこうか」

「楽しみに読みたいので助かります。ですが、パーカーさんもカトリーナさんの作品を読んでいらっしゃるのですか」

「彼女が書く作品はどれもハッピーエンドで実に良《い》いよ。世間でもてはやされているのは、戒めや教訓のために過ちを犯して不幸な死に方をする話ばかりで気が滅入《めい》る」

ロビンが同じ部分を好んでいると知り、ローザは驚きながらも少し嬉《うれ》しくなった。

「私も、読むだけで気持ちが明るくなりますから、カトリーナさんのお話は好きです」

「おっ、はじめて意見が合ったね。――だからこそ、生きづらそうだと思うよ」

人なつっこく笑ったロビンは、しかし淡々と付け足した。

「馬鹿正直に女だとわかるペンネームを使って、真《ま》っ直《す》ぐ世間にぶつかっていく姿を見ると、エスメが止めようとしたのもよくわかるさ。彼女は、ほどよく周囲に合わせて言葉を取り繕って器用に生きられない」

ローザはその口ぶりで、ロビンはエスメとはっきりとした面識があるのだ思った。

おそらく、カトリーナ達が思っているよりずっと確かな形で。

ではどこで……と考えたローザだったが、朗らかさを少しだけ収めたロビンに見つめられていることに気づいた。

「生きづらそうという点では、君も同じだよ」

「え……？」

「君は、どうしてこの妖精を探す骨董店《アンティーク》にいるのかな」

ロビンが一体なにを聞きたいのか、質問の意図が見えてこずローザは困惑する。

「なぜ、と言いますと、ただアルヴィンさんに拾っていただいたからですが……」

無難に話したところでローザは違和感に気づく。

この店は確かにアルヴィンが妖精を探すために開いた。

しかし骨董店としては花と妖精のモチーフが豊富に揃《そろ》う店としてのほうが有名だ。

ロビンがあえてそう持ち出した理由はなにか。

ローザは彼の真意を見定めようと注意深く観察する。

同じように、ロビンもまたローザを探るようなまなざしだった。

しかしそれも数瞬の間で、理解の色を浮かべた。

「ふうん、そうか。もしかして彼も君自身も知らないのかな」

「知らない、というのはどういった意味でしょうか」

ローザが若干警戒気味に問い返すと、ロビンはふと上を見上げる。

上階にあるのは青薔薇骨董店だ。

「ここの店主が妖精にまつわる逸話を集めているのはすぐにわかったよ。金持ちの道楽にしてはずいぶんと熱心なこともね。私はそういう人種に少なからずなじみがあってね。年若い君が巻き込まれたのかと思ったのだけど。杞憂《きゆう》だったかな」

あまりに抽象的な言葉に困惑が強まるが、ロビンはふいにローザを覗《のぞ》き込《こ》んでくる。
人なつっこい表情が消えてしまうと、彼の華やかな容貌がより際立って感じた。
まるで人ではないかのように浮き世離れした雰囲気すらある。
「君の瞳は、何色に変わる？」
どくん、と心臓が跳ねた。
心臓から流れる血液を伝って、不安にも似た緊張が全身に広がっていく。
瞳の色なんて、見ればわかるはず。
なのにあえて何色に変わるかと聞いてきた。
ローザは自分の瞳の色が変わる瞬間があると知っている。
同時に、母の言葉が脳裏に蘇った。
『あなたの瞳は、隠さなければだめ』
母の願いをローザはずっと守ってきた。
だが、今まで誰にも瞳について尋ねられたことはなかった。
アルヴィンが以前解き明かしてくれた事柄で、充分だと思ったのもある。
でも、生前ローザが己の青い瞳について聞いたとき、母ははっきりと答えたのだ。
父親似、だと。

「あの、どういう」

今、瞳についてはじめて言及された。はじめてなにかを知っていそうな人に出会った。

本来なら母の忠告を守るべきなのだろう。

しかし、ローザの中にあった疑問に答えてくれる人なのかもしれない。

彼は一体なにを知っているのか。

ローザの内心の動揺を見透かしたように、ロビンの目が細められる。

「程度の差はあれ、躊躇《ちゅうちょ》をするくらいにはわかっているんだね。忠告してくれる誰かがいたかな」

「どうして……」

とっさに問いかけようとしたローザを封じるように、ロビンがしいっと自身の唇に指を当てる。

「質問に答えてくれるのなら、君の質問にも一つ答える。私の信条なんだ。恩には恩を、悪には報いを。等価交換はフェアだろう？　先ほどの会話で、試用期間は終わった。これからは本番だ。質問は慎重に考えると良い」

質問、なにを聞きたいか。

聞きたいことはたった今、できてしまった。

彼がなにかしらの答えを持っているのだろうと不思議と確信があった。

だが、どのように聞けば良いのだろう。

ローザは、彼の瞳の奥になにかあるような気がして――……

すぐ側で、うなり声がした。

はっと見ると、灰色の毛並みをした猫、エセルがいた。

普段はけして食事のテーブルの上には乗らないエセルが、いつの間にかテーブルの上にいて、ロビンに向けて低くうなっている。

ローザの位置から顔は見えないが、きっと険しい表情をしているのだろう。

エセルが怒ったところをはじめて見た。

ローザが息を呑《の》んでいる間に、ロビンはエセルと視線を絡ませる。

その猫と睨《にら》み合《あ》っているとは思えないほど緊迫した空気は、おどけた表情でロビンが両手を挙げたことでほどけた。

「なにもしていないよ。むしろ私は彼女に親切をしに来たんだ。お前達の事情に首を突っ込む気はないさ」

だが、エセルのうなり声はいっそう高くなり、今にも飛びかかりそうだ。

お客さんに怪我《けが》をさせるのはまずいと思ったローザが、エセルを抱えようとした瞬間、裏口が開いた。

クレアが帰ってきたのかと振り返ると、戸口にいたのはアルヴィンだ。

軽く息を弾ませた彼は、ローザとロビンを見つけると、つかつかと近づいてくる。

「パーカーさん、たまたま外でクレアと行き会って君が来ていると知って驚いたよ。で、どのような用かな」

アルヴィンの表情自体は、いつも通りだ。

しかしローザはなぜかその横顔に声をかけられなかった。

思わず椅子から腰を浮かせたきり、ローザは二人を見比べるしかない。

エセルは急に興味を失ったようにテーブルから降りて去っていく。

その背中を追ったロビンは椅子から立ち上がるとアルヴィンと向き合う。

「やあ、お邪魔しているよ。私の目的は君ではなくてローザなんだよ」

ロビンとアルヴィン、両方の注目を浴びてしまったローザは狼狽《うろた》える。

「あの、パーカーさん……？」

「ロビンで良いよ？　君と私の仲だし、その可憐《かれん》な唇で呼んでほしいな」

さわやかに微笑《ほほえ》まれながら、口説くように言われた。

ローザは急な変化に動揺しかけたが、すぐ彼の青の瞳に愉快げな色を見つける。

ああ、これはからかっているのだと気づき、少々呆《あき》れて言い返そうとした。

その体を引き寄せられる。

ローザを引き寄せたアルヴィンの顔に感情の色はない。

普段微笑みで表情が固定されている彼だからこそ、ローザは彼の異変を感じた。胸が跳ねる。なぜか頬が熱くなってしまいそうなほど狼狽える。

「ローザは大事な従業員なんだ。個人的な用事なのであればお引き取り願うけど」

素っ気ない言葉と態度にもかかわらず、ロビンはいっそう愉快そうな表情になる。

「ほうほう！　大事な従業員なのか。その割にはどうにも距離が近いようだけれど」

「大げさな身振りに遠回しに示唆をしようとする言葉選びから、君は僕を揶揄《やゆ》したいようだけれど。失礼な態度というのではないかな」

「とんでもない。従業員であれば、プライベートな部分に店主が立ち入るべきではないのでは？　と思っただけでね」

アルヴィンの淡々とした態度にもロビンは動じず切り返す。

数瞬の睨み合いの後、口を開いたのはアルヴィンのほうだった。

「コリンズ邸での君の態度は不自然だった。幽霊が最初から人為的なものだとわかっていた風だ」

「それは当然だろう。幽霊なんて非科学的なものが、あると思うほうがおかしい」

「パリュールに授けられた『パックの祝福』については否定していないのにかい？」

アルヴィンの指摘に、ロビンの表情はやんわりとした笑みに彩られる。

否定とも肯定とも語らない彼の笑みには、重みのあるなにかが揺蕩《たゆた》っているようにローザは思えた。

アルヴィンの詰問は続く。

「一般的に、幽霊と妖精はどちらも超自然的な存在と同列に扱われるものだ。カトリーナのようにね。それを分けて考えるのであれば、僕のように理由がなければ筋が通らない。君はなんらかの理由で『コリンズ邸に現れた幽霊は偽物』だとわかっていたはずだ」

「私が犯人だと疑っているのかい？」

「いいや、君には動機がない。君はすでにパリュールの所有権を半分持っているのだから、カトリーナに正面から交渉すれば良い。パリュールを手放すかどうか悩んでいる彼女であれば、誠実な態度を取れば時間はかかっても説得できたはずだ。だが君はそれをせず、わざと彼女の不信感を煽《あお》るような態度を取っている。だから君の主目的はパリュールの所有ではないと考えられる。わざわざ幽霊を使う必要がないんだ」

論理的に語ったアルヴィンは、いっそう怜悧《れいり》なまなざしでにやつくロビンを射貫《いぬ》く。

「君は幽霊を使ってカトリーナを脅そうとした犯人に心当たりがあって、あえて黙っているのではないかな？　……以上からして、君の態度は、一般的に言って不誠実と評価できる。そのような人物をローザには近づけたくはないな」

「ほう、ほう、ほう。そのためなら、パックの祝福について聞かなくても良いんだね」

愉悦の混じるロビンの問いかけに、アルヴィンがはじめて硬直する。

「……君は、なにを知っているのかな」

「答えたとして、私にはなんら利益はないのだが……とはいえ、私は悪魔ではない。誠実さを売りにしていてね。取引といこうじゃないか」

ロビンのにやついた笑みには、嘲弄に近い色が混じっているようにローザは思えた。

それでも、アルヴィンは提案を即座に却下せずにためらっている。

当然だ、彼は様々な妖精について知りたいと願っている。ほんのひとかけらでも神秘に近づけるのであれば、なんでもする。

「ローザに関することなら、僕は左右すべき立場にないよ」

「もちろん、君にできないことを頼むつもりはない。私の質問に答えてくれるのであれば、答えられる範囲でその回答にふさわしい分だけ話してあげようという提案だよ」

ローザにしたものと同じ提案だった。

「僕が欲しい話をしてくれるかどうかは君の良心にかかっている、ということになるね。とてもではないが信用に値する材料がないけれど？」

端的に信用できないと語るアルヴィンに、そこではじめてロビンは笑みを収めた。

冴《さ》え冴《ざ》えとした青の瞳で真《ま》っ直《す》ぐアルヴィンを見る。

「恩には恩を、悪には報いを。私のロビンの名にかけて、等価を約束しようじゃないか」

じっくりと考えていたアルヴィンは、やがて口を開いた。

「ならば先に僕の質問に答えてほしい。君はパックの祝福がどのようなものだと考えているのかな」

「どういうものか、ね。パックの祝福は、花嫁の幸福を守るものだ。それと同時にパリュールをふさわしい所有者に渡すためのものでもある」

「カトリーナさんが所有者に渡すためのものでもある」


思わずローザが口を挟むと、ロビンは曖昧な笑みを浮かべた。

「その問いに答えるのなら、ローザにもくだんの質問に答えてもらわなければいけないね。ただ、君は私から答えを聞かずともわかっているんじゃないかな」

ローザは口をつぐんだ。

確かに、今までの言動からロビンが所有者としてカトリーナにこだわっていないのは明白だった。

ロビンは再びアルヴィンを見る。

「さあ、アルヴィン・ホワイト、私は質問に答えたよ。次は君の番だ」

「……なにかな」

「あの後、ハンス・マーチンはここに来たかい？」

身構えていたローザは、思わぬ質問に戸惑った。

マーチンは、コリンズ邸で出会った事務弁護士だ。

幽霊騒ぎのときもローザにまで気を遣ってくれていたのは覚えている。

彼が青薔薇骨董店に来る理由は全くないはずだ。

アルヴィンも心当たりがなくて答えあぐねるのでは。

そう思って見上げたローザは、彼のかすかに眇《すが》められたまなざしに面食らう。

きっと、普通の人であれば変わったことすらわからない変化だ。

それでも、なにかが彼の判断を迷わせたと理解するには充分な反応だった。

「店には、来ていないよ。ただ手紙はいくつか来たね」

慎重な回答だとローザは思った。ロビンは顎を触りながら考え込む風だ。

「ふうんなるほど。まあ素っ気なくはあるが、答えは答えだ。これで等価としよう」

「君は一体なにをしようとしているのかな」

「私について聞くのなら、高く付くよ」

アルヴィンがさらに問い詰めようとした矢先、クレアが帰ってきた。

「アルヴィンさん！　そんなに急に走るほどパーカーさんに会いたかったんです？」

「おや、追いついてきたのかい」

不満そうなクレアにアルヴィンが対応しているうちに、ロビンはひょいと中折れ帽子を手に取った。

「ちょうど良かった。モーリスさん、用事が終わったので私はこれで帰るよ。スコーンと紅茶がおいしかった」

「あらそうなの？　またいらしてくださいね！」

「ええ、機会があれば。ローザもいずれまた」

ローザ達が引き留める間もなく、ロビンは裏口から疾風のように去っていってしまったのだった。


クレアが夕飯の支度をする邪魔にならないよう、ローザとアルヴィンはなんとなく並んで上階へ上がった。

その途中、ローザは彼に聞き逃していたことを尋ねた。

「アルヴィンさん、マーチンさんからお手紙が来ていらっしゃったのですか」

「うん？　まあね。でも業務には関係のないものだったから。それよりもローザはパーカーになにかされてない？どんな話をされたのかな」

矢継ぎ早に聞かれ、ローザは大したことはない、と答えようとした。

しかし、ロビンの問いが耳元に蘇《よみがえ》る。

『君の瞳は、何色に変わる？』

あの問いに答えそびれてしまったと思いながらも、なんとなくアルヴィンに言うことをためらってしまった。

「ローザ？」

「あっいえ、カトリーナさんのことを少しお話ししました。あの方もカトリーナさんの著書を読んでいたのです。面白く読んだとおっしゃっていたのが意外だったな、と。それとパリュールの謂《いわ》れを少し教えてくださいました」

抵抗のない部分を語ると、アルヴィンは興味を引かれたようだ。

「具体的には？」

「エドワード・ピンチベックは実は女性だったそうですね。そして親友の女性が言葉にできない想《おも》いを伝えるための装飾品としてパリュールを作ったのだそうです。パックの祝福なんておまけなのだともおっしゃっていましたね。まるで実際に見て体験されたように語られていて」

面白かった、とはさすがに言えず、ローザがうかがうと、アルヴィンは考え込む風だ。

「へえ……エドワードが女性、と？　確かにそう言ったんだね？　そしてあのパリュールは親友のために作られたものだと」

「は、はい。確かに」

念を押されてローザが頷《うなず》く。そこまで重大なことだとは思っていなかったが、アルヴィンにとっては違うなにかがあったのだろうか。

しかし彼は理由を話すつもりはないようで、さらにこう聞いてきた。

「もう一つ確認したいのだけど、君はコリンズ邸でハンス・マーチンに話しかけられていたよね。なにを話したか聞いても良いかな」

「マーチンさんと、ですか。特に変わったことは話していないとは思います。カトリーナさんよりも、私に対して心配するような口ぶりだったような気はしましたが。あとは出会えたことは『運命だ』とおっしゃって……少し奇妙な方だとは思いました」

「運命か、ずいぶん抽象的な表現だね。でも……ふむ」

「パーカーさんもマーチンさんについて聞かれておりましたが、なにかあったのでしょうか」

「たぶんまだなにも起きていないよ」

含みのある言い回しだと思った。

ローザが少し不安を感じる中、アルヴィンはこう続けた。

「お願いがあるのだけど。しばらく郵便物などの仕分けは僕にさせてくれるかな。荷物の受け取りも僕がする」

「そう、なのですか」

「永続的なものではないから。いい？」

「わかり、ました」

唐突で奇妙なお願いに引っかかるものを覚えつつも、ローザが頷くと、アルヴィンはふうと、息を吐いた。

ため息と称していい深さに、そこでローザはようやくアルヴィンが緊張していたことに思い至った。

「もしかして、わたしがパーカーさんと二人きりだというのを心配してくださったのですか。急いで帰ってきてくださったようですし」

アルヴィンがキッチンに現れたときには、少し息が上がっているようだった。

クレアは彼がいきなり走り出したとも言っていた。

するとアルヴィンは灰色の瞳を瞬《まばた》いた。

「さっきの体の奥がざわつくような感じは、そういうことなのかな。今は君を前にして体の力が抜けたのだけども」

「おそらく、そうだと思います。大丈夫です、パーカーさんとは普通にお話ししただけですから。ご心配ありがとうございました」

彼は、とても感情が鈍い。だからこそかすかでも大きな変化だ。

ローザが嬉《うれ》しさも込めて微笑《ほほえ》んでみせると、アルヴィンの眉尻が下がった。

「うん、そうか。なら良《い》い、かな」

「はい。たぶんきっと、良いことです」

なんとなくアルヴィンの歯切れが悪い気がしたが、ローザは彼と別れて自分の部屋に戻っていく。そして思い出した。

「あ、聖誕祭についてお聞きするのを忘れてしまいました……」

自分がキッチンに行ったのは、クレアに聖誕祭をどうやって過ごすかを聞くためだった。聞き逃してしまったと残念に思ったが、さすがに、まだアルヴィンに直接聞く勇気はない。

でもきっと、これからも少しずつ変わっていけるだろう。

平穏に。ゆっくりと。

ただ、その場を離れていたローザには、自分の部屋の前で立ち尽くすアルヴィンが、ぽつりとつぶやいた声は届かなかった。

「君は良いことだと言うけれど。君が大丈夫だというのに、胸のもやはなくならないんだ」

途方に暮れた声は、虚空に消えていった。

＊

ローザが望んだ平穏は、ロビンが去ってから数日後、青薔薇骨董店に青ざめたカトリーナが現れたことによって破られた。

「従兄のチャーリーが他殺死体で見つかったの」

ローザ達は店の扉に閉店の札をかけ、カトリーナを応接スペースに案内した。

チャーリー・コリンズは二十六歳の男で、カトリーナの言う通りかなりの放蕩者《ほうとうもの》だった。彼の父の経営する会社で任されていたお飾りの業務も放置しがちで、競馬やギャンブルなどで遊び歩いていた。金が足りなくなるたびに、両親やエスメに無心に来ていたという。都合が悪くなるとほとぼりが冷めるまで逃げる短絡的な性格で、彼を知る者は皆、彼は海を越えたどこかにいるのだろうと考えていたのだ。

チャーリーが見つかったのは、コリンズ邸近くの森の中だったそうだ。

地中に埋められていたが、野良犬に掘り返されて散歩中の住民に発見されたのだ。時間が経《た》っていたせいで遺体は損壊していたが、彼が好んでつけていたカフスと懐中時計で識別できたのだという。

そして、頭部には鈍器のようなもので殴られた傷があった。

「チャーリーがおばあちゃんのお葬式の前か最中にパリュールを盗んで、その後質屋にブローチを売ったことまではわかっている。ただね、質屋に行く前あたりにチャーリーが住んでいた地区でチャーリーと赤毛の美男子が口論しているのが目撃されていたんだって」

「ロビン・パーカーは確かに見事な赤毛だったね」

アルヴィンの相づちに、応接セットの椅子に座り込んだカトリーナは暗い表情で頷く。

「あくまで口論が目撃されただけだから、決定的な証拠とは言えないでしょう？　でもパーカーさんとチャーリーの接点が見つかった。だから警察はパーカーさんがパリュールを奪うためにチャーリーを殺したって疑っているの。ううん、私の両親もマーチンさんもみんなパーカーさんが犯人だって言ってる。私どうしたら良いかわからなくて……」

深く息を吐いたカトリーナは申し訳なさそうにローザ達を見た。

「ごめんなさい。ちょっと手伝ってもらっただけの他人のあなた達に話すことじゃないんだけど、抱えきれなくて……」

「お気になさらないでください」

ローザは労《いたわ》りつつ彼女に温かいブランデー入りのお茶を出してやる。

紅茶を一口飲んだカトリーナは少し落ち着いたようだ。

青ざめていた顔に赤みがわずかに戻ったのを見計らい、ローザは尋ねてみた。

「カトリーナさんは、パーカーさんのことをどのように考えていらっしゃるのですか？」

「そう、ね。パーカーさんとの初対面の印象は最悪だったし、おばあちゃんを騙《だま》したんじゃないかとさんざん疑っていたわ。けれどチャーリーを殺したなんて思えないのよ」

カトリーナは語気も弱く続けた。

「パーカーさんは、まるでサーカスのピエロだわ。公演の添えもの扱いだけど、その実サーカスの座長として一歩引いた場所で全体を監督しているような。言動はとてもうさんくさいけど、チャーリーを殺すかといわれると、すんなり頷けなくて。もちろん純朴で害のなさそうな人が、凶悪な犯罪者だったなんてよくある話なんだけど」

ローザも同じ気持ちだった。

キッチンで見た、朗らかで摑《つか》みどころがないロビンを思い出す。

彼は確かにパリュールに対して思い入れがあった。だからパリュールを盗んだチャーリーが許せなかった可能性もあり得る。

なにより盗んだ直後のチャーリーと会っていたのであれば、なぜそれをカトリーナ達に話さなかったのか、理由はわからない。

ただパリュールについて話すときの優しく悲しみを帯びた表情は、本物だったように思える。

チャーリーという青年について、ローザは伝聞でしか知らない。

だからこそチャーリーを殺すという行為とロビンが結び付かなかった。

カトリーナは、自分を抱きしめるように二の腕あたりを握りしめた。

「でもね、もっと怖いのは、一連の事件が『パリュールの呪い』なんじゃないかってみんなが言ってること。チャーリーの部屋からも遺留品からもネックレスとイヤリングは見つかっていないし、盗んだチャーリーも死んじゃった。両親も親戚もみんな怖がって手放したほうが良いんじゃないか、って言い合ってるのよ」

苦しげに語るカトリーナは、くしゃりと顔をゆがめて頭を抱える。

ローザには彼女の背に手を添えてやることしかできなかった。

カトリーナは大きく喘《あえ》ぐように呼吸をした後、たどたどしく続ける。

「……パリュールはおばあちゃんの形見よ。持っていたいという気持ちはあるの。おばあちゃん自身は怒っていなかったかもしれないと、希望を持てたばかりだったから。でもパックの呪いが本物で、もしパックに私や家族がパリュールを持つのにふさわしくないって思われて死んじゃったらと思うと怖くて……！　なにより、パリュールが怖いと思っちゃう自分が嫌なの」

動揺と混乱のまま、目尻に涙を滲《にじ》ませるカトリーナに、ローザは胸が痛くなる。

祖母が亡くなって間もないだけでなく、身内が他殺死体で見つかっているのだ。

悲しみも混乱も、吐き出さずにはいられないのも当然だ。

「『パックが怒っているんですね』ってマーチンさんも怖がってるけど、売りたいのなら好事家を探してみるって言ってくれてる。家族はみんなパーカーさんからパリュールを回収する前に、手元のブローチやティアラだけでも売ってしまったらどうかって話しているわ。私も、そうすべきだと、思う」

カトリーナの声には、絞り出すような悲鳴が混じっているとローザは感じた。

本当は手放したくないが、押しつぶされそうな恐怖にがんじがらめに縛られておぼれてしまいそうになっている。

なのに、カトリーナは場違いに明るく言った。

「そもそも、私はおばあちゃんにパリュールを全部託されなかったのだし！　いっそのこと自分の分は手放すのもいいかな、って……」

笑いながら語ったカトリーナの言葉は、ローザを見て途中で途切れる。

ローザは泣くな、と自分に念じた。

悲しいのはカトリーナだ。自分ではない。

溢《あふ》れかける涙を堪えて熱くなった目を感じながら、ローザは首を横に振る。

「ご自分の気持ちに、嘘《うそ》をつかないでください」

「ローザ？　い、いや嘘なんて……」

「パリュールを、おばあさまの思い出を手放すのは嫌だと思われているのでしょう？　恐怖と不安にさいなまれてもなお、決断できないほど嫌だと」

カトリーナの半笑いが硬直する。あどけない少女の顔が覗《のぞ》いた。

そうだ、ずっとずっとカトリーナは気にしていた。

祖母であるエスメの遺志を。

エスメの期待に応えられなかったことを申し訳なく思い、応援してもらえなかったことを悲しんでいた。

それは、すべてエスメを慕っていたからだ。

カトリーナは、未《いま》だエスメを失った後悔の中にいるのだ。このままパリュールまで手放してしまえば、きっと彼女はずっと引きずっていくことになるだろう。

ローザが、母の形見だったロケットを一度手放したとき、諦めきれなかったように。

「最終的にパリュールを手放すのだとしても、今カトリーナさんの抱えている後悔を解消してからにしませんか」

ローザが訴えると、カトリーナの榛色《はしばみいろ》の瞳が感情に揺れる。

「後悔を解消って……おばあちゃん、死んじゃっていて、もう話もできないのよ」

「少しでも良いのです。おばあさまが生前おっしゃっていたことなどを思い出せないでしょうか。別の方面から、真意を確かめられるかもしれません。できることをやりきってから手放しても遅くありません」

「ど、どうして、私にそんな提案をしてくれるの」

カトリーナが迷子の少女のような声音で問う。

ローザは首元からそっとロケットを取り出した。

「これは、母の形見のロケットです。わたしは、一人でわたしを産み育てた母が幸せだったかわかりませんでした。けれどこのロケットを通して母の遺志を知れました」

「カトリーナさんがおばあさまの想《おも》いにたどり着けるかは、わかりません。それでも、大事な人の死をちゃんと悲しめるようになってほしいと、思うのです」

親しい人との別れは、身を引き裂かれるように悲しい。

それでも後悔と共に悲しむのと、やすらかに死を悼むのは明確に違う。

自分はアルヴィンに、母の遺志を見つけてもらった。

ローザは彼のようにはできないだろう。それでもカトリーナの力になりたかったのだ。

カトリーナは葛藤するように、視線をさまよわせた後、絞り出すように言った。

「ほんとは、手放すのは、嫌よ……。でもパックの呪いが怖い……」

手のひらに顔を埋めてしまうカトリーナは、とても頼りなかった。

語ったことは、紛れもない本音なのだろう。

無理はさせられない。ローザが労りの言葉をかけようとしたとき、今までじっと聞いていたアルヴィンが声を上げた。

「なら、パリュールを僕が預かろうか。本当にパックが呪うのか確かめるために」


「お母さんが……」

＊

カトリーナが帰った後、ようやく我に返ったローザはアルヴィンを見返した。

彼は鼻歌でも歌いそうなほど上機嫌で、ティーカップを片付けようとしている。

「アルヴィンさん、カトリーナさんへのご提案は、本気、なのですか」

ローザが改めて確認すると、アルヴィンはローザの表情が硬いことにようやく気づいたようだ。

しかし理由がわからないとでも言うように不思議そうにする。

「そのつもりだよ。カトリーナが所有をためらう理由は、パックの呪いに対する恐怖だ。まだチャーリー・コリンズの死因とパリュールの関連は特定されてはいない。だから彼女は因果を結び付けるために『パックの祝福』……つまり呪いと思い込んだのだろう。なぜそう思い込むに至ったか、というのは検討すべき部分ではある」

理知的に語るアルヴィンに、ローザは若干安堵《あんど》しかけた。

しかしすぐに彼の瞳に、好奇と期待の色が消えていないことにも気づいてしまった。

「それでも、ここまで具体的に妖精にまつわる呪いが表面化した例を見るのは久々だ。もしかしたら本当になにかしらの超常的な力が介在しているかもしれない。パックがパリュールの所有者にふさわしくないものへ罰を下すというのなら、僕は真偽を確かめたい。カトリーナが承諾してくれると良《い》いのだけど」

カトリーナはアルヴィンの提案に「一日考えさせて」と返事をして帰っていったのだ。

もし提案を呑《の》むのであれば、明日パリュールを持って店に来るはずだ。

カトリーナの力になりたい、という気持ちは本当だ。

だが、ローザは胸がざわざわと落ち着かなかった。

「そうだ。ローザ、ちょっと待っていて」

子供のように灰色の瞳を輝かせるアルヴィンは、ふと思い立って己の机から紙の束を持ってくる。

それは手紙と、アルヴィン自身がしたためた研究資料のようだった。

「あれから花嫁のパリュールとエドワード・ピンチベックについて調べ直したんだ。彼……いや彼女だね。コリンズ邸に伝わっていた通り、たぐいまれなる技術力を『妖精に祝福された手』と称されていた。生涯結婚しなかったのは、妖精に魂を売ったからとも言われていたようだね」

アルヴィンが示してくれた部分には、エドワード・ピンチベックについての話が書かれていた。

ローザはからからに渇いた喉になんとかつばを送り込んで、アルヴィンに尋ねた。

「もし、パックの呪いが、妖精が原因ではなく、なにかしらの人為的な事象や、犯罪がかかわっていたら……？」

「妖精でなかったとしても僕は運が良いから、なんとかなるんじゃないかな」

いっそ投げやりにも感じられる返事に、ローザは言葉をなくした。

知っていたはずだった。

アルヴィンは妖精に執着している。

それは、熱心という言葉では言い表せないほどに。

ローザは彼がなぜ妖精に執着するのか理由は知っている。

彼自身が妖精の世界に攫《さら》われ、戻ってきた。

そのときに幸運という祝福を与えられたが……戻ってきたのは七年後で、感情を奪われたのだ。

だから彼はもう一度、妖精に出会いたいと考えている。

ただ、ローザは彼が妖精に会ってどうしたいかも知っていた。

知っていて、極力考えないようにしていた。

彼がなんと言ったか、ローザは鮮明に覚えているからだ。

『もう一度妖精に会って、殺してもらおうとしているんだよ』

妖精に授けられた幸運は、アルヴィンをなにがあっても生かす。

強盗に襲われたときも、自ら薬物を打とうとしたときだって、いっそ不自然なほどの幸運で彼は無傷で生き残ってきた。

そのことをアルヴィンは疎んでいる。

だから、彼の先ほどの返事は、もし呪いで傷ついたとしても——……

「ローザ、どうかしたかい？」

アルヴィンに呼ばれたローザは、はっと我に返った。

「その……っ」

とっさに聞こうとしたローザは、すぐに言葉が喉に詰まった。

どくどくと心臓が嫌な音を立てて鼓動を打つのを感じる。

花嫁のパリュール絡みで、すでに人が亡くなっているのだ。カトリーナが恐れてしまうのも無理はない。人は自分が害されるかもしれないことに恐怖を覚える。

だが、アルヴィンは違うのだ。むしろ脅威を歓迎してしまう。

妖精に会うために、どんな危険をも冒してしまう。

危険だ。やめてほしい。

そう言いたい。けれど普通の方法で妖精に遭遇できないのはすでにわかっている。

アルヴィンがそうしたいのならば、ローザに止める権利はない。

なにより……まだ死にたいと思っているのか、確かめるのが怖い。

考えたとたん、ローザの口は石のように重くなる。

無意識にすがるようにロケットを握った。

聞けない。聞くことができない。

言いたいこと、聞きたいことは、その人が生きているうちにするべきだと思っていた。母が亡くなってからは特に。

けれど、実際に本人を目の前にすると、問いかけることが恐ろしかった。

逡巡《しゅんじゅん》した末、ローザはぎこちなく微笑《ほほえ》むことを選んだ。

「なんでも、ありません。……カップを片付けますね」

ローザはいたたまれず、アルヴィンがまとめたティーカップや皿を盆に載せて逃げようとする。

しかしカップを持とうとした手を掴《つか》まれた。

反射的にローザは手を引こうとしたが、アルヴィンは握った手を離そうとしない。

彼の表情からは微笑みが消えていた。

表情が消えると、妖精のような美しさが際立ち恐ろしささえ感じる。

ただ、ローザはもう知っていた。

彼から表情が消えるときは、彼がどのような想いを表せば良いか、わからなくなっているときだ。

「今君は僕になにか言いたいことがあって、けれどなんらかの理由で飲み込んだね」

「そんなことは……」

「瞳が泳いだ、脈も速まっている。緊張と動揺をしているね。そして先ほどは、唇を引き結んで下まぶたが緊張していた。悲しみと恐怖の反応……君はなにかに傷ついていた」

アルヴィンが手首を握る力を少しだけ強める。

彼はかすかな仕草から相手の意図を洞察することに長《た》けている。

ローザの小手先のごまかしが通用するはずがなかった。

「お願いだ。僕に伝えることを諦めないで。君に言葉を飲み込まれてしまったら、僕はなにもわからないんだ。君はどうして傷ついたんだい」

口調は平静で淡々としたものだったが、ローザはアルヴィンに懇願されているような気がした。

彼は感情がとても鈍く、自分自身の心が摑めない。

その代わりに、自分が彼の心を見つけて信じると約束した。

だから彼はひたむきにローザを信頼して、想いをくみ取ろうとしてくれる。

彼の姿勢に報いなければならない。

ローザは、震えそうな声を絞り出した。

「では、どうして、カトリーナさんにあのような提案をしたのでしょうか」

「なぜって、君がカトリーナに同情を覚えているように見えて、カトリーナの問題を解決したがっているように思えたからだ。なら僕の実益もかねて手っ取り早く解決する方法は、実際に確かめてみることだと考えた」

アルヴィンは、ローザをとてもよく見ている。

ローザがカトリーナを放っておけずにいたことも、気がかりであることもすべてくみ取って、選択してくれたのだ。

今ローザの胸にあるのは、ただの私欲であるというのに。

「もし君もカトリーナのようにパリュールに対して恐怖を覚えているのなら、安心して。現状パリュールの『呪い』とされているものは、不当に所有した者達にのみ降りかかっている。僕が所有したとしても君に害が及ぶ可能性は低い。それでも不安だとしたら、僕はしばらくパリュールとホテルにでも……」

「そうではありません！」

ローザはアルヴィンの「配慮」を遮った。

ぴたりと言葉を止めたアルヴィンは、灰色の瞳で見つめる。

「パリュールに対する恐怖ではないのなら、なにかな」

探れば探るほど自分の気持ちが身勝手な気がして、アルヴィンの真っ直《ます》ぐな問いがローザの胸に突き刺さる。

拳を握ることで不安と自己嫌悪をやり過ごし、ローザはようやく口を開いた。

「嫌、なのです。アルヴィンさんが、傷つくかもしれないのが」

よほど意外だったのか、アルヴィンはぱちぱちと瞬《まばた》いた。

「僕が傷つく？　でも僕は運が良いからきっと……」

「わかっています！　アルヴィンさんが幸運に守られていることは。今までたくさん見てきました。きっと無事でいてくださるだろうと思います」

強盗が勝手に自滅したり、無防備にスラム街へ入っても無傷だったりしたこと。

細かいエピソードを挙げればきりがない。

「けれど、あえて危険に飛び込んでいかれるのが怖いのです。きっと無事だと信じても、幸運というのはとても曖昧です。アルヴィンさんが危険な方法を選ぶたびに、わたしはあなたが傷つくかもしれないと不安と恐怖を覚えます」

フレッチャーホールで自ら注射器を手に取り、モルヒネを腕に打とうとしたときも。

最近ではコリンズ邸で、幽霊を仕立てていた犯人を追いかけたのだと後で知ったときも、
ローザは怖かった。

「僕は最善だと考えたけれど、君は僕が傷つくかもしれない状況に陥るのが嫌なのかい？」

そう確認するアルヴィンの表情は、困惑の色が強い気がした。

少なくとも腑《ふ》に落ちていないのがありありとわかる。

ローザは肩の力が抜けてしまった。

伝えるのは怖いことだ。けれどアルヴィンがそもそも理解できない可能性を考慮し忘れ

ていた。

伝えても伝わらなかった。ならば仕方がないと諦めもつく。

少しだけ気楽になったローザは、考え込むアルヴィンに表情を和らげた。

「はい。ですけれど、アルヴィンさんが妖精を追い求められることを、止めるつもりはございません。ほんの少しだけでも、確かめるために危険ではない方法がないかとは思ってしまいますが、わたしでは思いつけませんし……」

「……そうなのかい」

アルヴィンは疑念を覚えているようだ。

けれどこれ以上はローザも話せることを思いつけなかった。

「はい、だからお気になさらないでください」

ローザの手首からするりと彼の手が離れる。

カップを載せた盆を持ったローザは、今度こそアルヴィンの前から逃げた。

＊

閉店後の暗い店内で、アルヴィンは応接スペースの椅子に座り込んでいた。

ぼんやりと見るのは日中ローザがいた場所だ。

彼女の手首を握った手をぐっと握り込む。

ローザはぎこちなく微笑んでいた。

しかし、その微笑みは明らかになにかを隠すものだった。

「たぶん、僕は間違えた。でもなにを？」

アルヴィンの胸には、形容しがたい不快感がある。

ローザがロビンについて語ったときの不快さとは、同じようでいて違うものだ。

彼女を前にすると、体に違和感を覚える。

発した言葉も、仕草もすべて覚えているのに、彼女がなにを考えて言葉を飲み込んだのか、わからない。

自分の空っぽの心では、ローザが感じたことを察せられない。

感情があったら察せられたのだろうか。理解できたのだろうか。

けれど、アルヴィンに感情はない。察する力がない。

だから語られた言葉や、本人も気づいていない小さな仕草で類推する。

いつもしていることだ。

なのに、なぜだろう。アルヴィンの胸は、まだ泥濘《ぬかるみ》に沈んだように重かった。

ふいに、ランプの明かりがあたりを照らした。

アルヴィンが眩《まぶ》しさに目を細めたとたん、唐突になにかが頭に被《かぶ》せられる。

探ってみると、形状から衣服のようだ。

「暖炉もつけていないのなら、上着くらい着ろ」

頭上から降ってきた男の声には、聞き覚えがあった。

アルヴィンがもそもそと布から頭を出して、光に慣れた目で見上げると、不機嫌そうに眉間に皺《しわ》を寄せたセオドアがいる。

被せられたものはアルヴィンの上着だ。

肩に羽織ると温かく感じて、はじめて自分の体が冷えていたと思い至った。

上着は自室にあるものだ。わざわざ取りに行って降りてきたのだろう。

なぜ取りに行ったのかは、部屋を訪ねたから。

そこで不在に気づいたセオドアは、アルヴィンを探して一番いる可能性の高い店舗に来たのだ。

「僕になにか用だったかな？」

「……お前の様子を見てきてほしいと、エブリンさんに言われたからだ」

アルヴィンは少し、息苦しさを覚えた気がした。

ランプの揺らめく明かりの中で、厳《いか》めしいセオドアが見下ろしている。

「ローザからなにか聞いたかな」

「なにも聞いてない。が、俺が怒るようなやりとりをしたんだな？」

セオドアの切り返しに、アルヴィンは口を閉ざした。

理由がわからないとはいえ、今までの経験則から彼が怒る案件なのは理解できていた。

ただ、ローザが自分を気にしていたという話に、アルヴィンは感じていた重さがかすかに緩む。

よくわからないと思いつつアルヴィンが沈黙していると、セオドアがため息を吐いた。

「どうせお前のせいだろうが。なにが原因かわかるか」

「わからない……」

アルヴィンは神妙に答えた。

ローザがなぜ悲しんだのか、決定的な部分がわからない。

セオドアならおそらくはわかるだろう。

ただアルヴィンはなんとなく口が重い。

けれど、ローザが望むことをアルヴィンは聞いていた。

『確かめるために危険ではない方法はないかとは思ってしまいますが、わたしでは思いつけませんし……』

「危険ではない方法、か」

「どういうことだ」

つぶやきを拾ったセオドアが、訝《いぶか》しげにする中アルヴィンは考える。

ローザは、アルヴィンが危険な目に遭うのが嫌だと言った。

幸運を得てからのアルヴィンは、危険の定義が曖昧だ。

花嫁のパリュールと共に過ごすことですら、危険な行為だと考えていなかった。

それでもいきなり本体と対決するのは、かなり過程を省略しているのはわかっていた。

ならばパリュールの周辺や、「呪い」のせいとされている事件について調べ、人為的なものか否かを検証する。

その上で、パリュールを借りて過ごし「パックの祝福」を最終検証する必要があると理解できれば、ローザも納得できるのではないか。

考えたアルヴィンは、心なしか眉間の皺が深くなっているセオドアを見上げた。

「ねえセオドア。パリュールを盗んだチャーリー・コリンズが他殺死体で見つかったと聞いたんだけど、内容について話せるかな？」

「お前なんで……」

「おや？　カトリーナ・コリンズにこの青薔薇骨董店について紹介したのは君だと考えていたのだけど。それに君はチャーリーの事件の担当をしているよね」

かすかに眉間に皺を寄せたセオドアの反応は、アルヴィンにとっては肯定と同じだ。

「そう考えた理由は」

「いくつかある。殺人事件にかかわることになって帰りがしばらく遅くなるとクレアに語っていたね。そのときにローザに対して罪悪感に似た表情を浮かべていたこと。加えて同時期にカトリーナがチャーリーが殺されたと話しに来た。関連付けるのは容易だ」

一呼吸置いたアルヴィンは、どんどん険しくなっていくセオドアを見て続けた。

「一番は、僕に対してローザのこと以外でなにか聞きたいことがある様子だから、かな。僕とローザにかかわる最近の殺人事件といえば、チャーリー・コリンズくらいだ」

「相変わらず忌ま忌ましいほど勘《い》が良い」

苦虫を噛《か》みつぶした顔をするセオドアは、近くの椅子にドスンと腰を下ろす。

「僕に聞こうとするということは、捜査が行き詰まっているんだね」

「まだ捜査は始まったばかりで、調べるべきことがある。だが任意同行させたロビン・パーカーは怪しい点が多々あるが、チャーリー殺しについては犯人ではない可能性のほうが高いと考えている。が、そうすると次の手がかりがない」

「それで一応はパリュールの関係者である僕に、事情聴取という名目で助言がもらえれば、と?」

アルヴィンが要点をまとめると、セオドアは顔をしかめる。

おそらく決まり悪さをごまかすためのしかめ面だろう、とアルヴィンは推測した。

「お前がカトリーナ・コリンズの懸念していた幽霊話を解決しに行って、幽霊の実行犯は捕まったとは聞いている。指示役は捕まっていないらしいが……チャーリー殺しとはさして関連がないだろう。お前はなにが知りたいんだ」

「君はそういう認識なのだね」

　警察はパリュールを巡る殺人とは認識していても、カトリーナ周辺はまだ捜査をしていないようだ。

　セオドアは、アルヴィンの相づちに含みがあることに気づいたらしい。

「なにかに気づいたのか」

「それはこれからだね。僕が調べたいのは、パリュールを取り巻く『パックの祝福』の正体についてだ。そのためにチャーリー殺しの犯人を特定したい。カトリーナ・コリンズは今回の殺人をはじめとしたパリュールに関連する者達への不幸を、パックのせいだと考えているからね」

「……お前好みの案件になったということか。だが殺人に関してはまだほとんどわかっていないぞ」

　セオドアのため息がどのような意図なのか、アルヴィンは推察しようとしてやめた。

　情報を話してくれれば良いのだ。

「殺人の調査は僕の管轄外だよ。知りたいのは、チャーリー・コリンズが花嫁のパリュールの一つ、ブローチを持ち込んだ質屋とのやりとりだ。できればブローチを買い取ったときのチャーリー・コリンズとの会話を正確に教えてほしいな」

身構えていたらしいセオドアは若干気が抜けたようだ。

彼はアルヴィンに助力を求めるが、捜査上の機密事項を語るのに抵抗があるらしい。

最終的には融通を利かせるものの、生まじめだなとアルヴィンは思う。

「それならあるぞ。あの質屋も後ろ暗い部分がある男だったからな、叩《たた》けば埃《ほこり》がたっぷり出てきた。質屋はブローチを『金の偽物』だと言ってチャーリーから買い叩いたらしい」

「なるほど、チャーリーが本来の価値に気づく前に換金したかったから、性急な出品だったのだね。では買い叩く際にどのような会話をしたかは？」

「ちょっと待て……他に着目すべきことは……ああ、アレがあったか」

セオドアは胸元から取り出した手帳をランプの明かりで見つつ話した。

「質屋が偽物だと言うと、チャーリーは信じられないという様子だったそうだ。そこを懇切丁寧に言いくるめると、最後にはこう悪態をついて去ったそうだ」

『あのクソ弁護士、あんだけ高いから売れるって言ってたのは嘘《うそ》じゃねえか！　偽もんまで集めてるなんて気色わりぃ、今すぐぶっ殺してやる！』

多くの可能性を精査していたアルヴィンの思考が、一つの方向に収束しはじめる。

「クソ弁護士、ね」

「質屋が売却を焦った理由は、その後チャーリーがパリュールを取り戻しに来たからと証言している。ただチャーリーが取り戻しに来たという時期と、チャーリーの死亡推定日時が合わないんだが……」

セオドアが手帳を見ながら困惑に眉間に皺を寄せる。

アルヴィンもその話に引かれたが、彼は脇道に逸《そ》れるつもりはないようだ。

「ともかく、だから警察はロビン・パーカーを重要参考人にしたというわけだ」

「確かに、パーカーを疑うのは当然だ。あの弁護士はとても怪しい。ただね、騙《だま》した相手を『今すぐ』ぶっ殺してやる。という言葉は、居場所を知っている程度には親しい相手なのではないかな？」

「言葉の綾《あや》という可能性も……」

「チャーリーは短絡的な人物だったそうだから、その可能性もある。ただ、あのパリュールは、前の持ち主のエスメ・コリンズが大事にしまっていたものだ。そのような装飾品の価値を知る者というと限られてくるだろう？」

自分の中にある違和感を明確にされたセオドアは、口をつぐんだ。

アルヴィンは流れる思考のまま続ける。

「チャーリーはさほど我慢強い気質ではなかったようだ。装飾品の価値についてもあまり知識はなかったと思われる。質屋の証言が正確なら、チャーリーにパリュールを『高価なもの』で『高く売れる』と示唆した人物がいる。それもパリュールをよく知る者だ」

「お前がそれをロビン・パーカーではないと考える理由は」

セオドアの他人から見れば詰問に思えるだろう剣幕を、アルヴィンは頓着しない。

ただ自分の奇妙な心の動きに困惑した。

ロビンのことを考えると、妙におっくうだ。しかし語る必要がある。

「ロビンがコリンズ邸に現れた時期と、動機だ。ロビン・パーカーはエスメ・コリンズの葬式の後に、パリュールの半分を所有できる権利書を持って現れた。現状チャーリーをそそのかす必要が、一番ない人間なんだよ」

「お前が言うほど、人間は合理的に動かんものではあるが、一理あるな」

「他にも理由がある。幽霊騒ぎのように、今コリンズ家では、意図的にパックの祝福に対する恐怖が煽《あお》られているよ。これはカトリーナをはじめとしたコリンズ家の面々と親しい人物にしかできない。ならばパーカーより怪しい人物がいるんじゃないかな」

「……まさか。だが動機がないぞ」

アルヴィンが示唆した人物に思い至ったセオドアだが、それでも懐疑的だった。

警察が動くには万人が納得できる証拠が必要と理解していたから、アルヴィンはさらに付け足した。

「動機については、いくつか予測できる事柄はあるけど、それだけじゃ捕まえる理由には足りないよね」

「ああ、人員を動かす根拠が必要だ。お前の話だけで動くのは俺ぐらいだからな」

「なら、幽霊騒ぎに使われたマジックランタンのスライドガラスを調べてみると良い」

アルヴィンの提案に、手帳を睨《にら》んでいたセオドアが顔を上げる。

「幽霊騒ぎもパリュールがらみの事件だよ。だからエスメ・コリンズのスライドガラスがどの工房で作られたかは、直接的ではなくとも、関係性がある。参考にされた肖像画は身内でないと持ち出せない。改めて聴取すると新しいことがわかると思うよ」

「いいだろう。明日一番に調査に向かわせる」

ランプの明かりで、今の話を書き留め出したセオドアを、アルヴィンはぼんやりと眺めながら考える。

アルヴィンには感情はわからないが、骨董屋《こっとうや》として高価な器物に対する人の執着、というものは把握しているつもりだ。

希少であればあるほど渇望し、機会があればどんな労力も厭《いと》わない。……たとえ法に触れようとも手に入れようとすることがある。

そのような執着を覚えるのが人間なのであれば、妖精を渇望するアルヴィンもまだ人間らしいのかもしれない。

だがしかし、それでも人の行動は不可解で解読できないことばかりだ。

書き終えたセオドアは、さっと立ち上がると、アルヴィンの腕を引っ張った。

「ひとまず、あまり危ないことには首を突っ込むなよ。エブリンさんと一刻も早く関係を修復することだ。ほら、もう部屋に戻れ。俺も明日のために寝たいんだ」

セオドアに引っ張られるままアルヴィンは自室に戻る。

これで、パリュールにまつわる「パックの祝福」の正体は遠からずわかる。

きっと今回も妖精には会えないだろう。

まだ、自分の中にある不調と、不快感に名前は付けられない。

腑《ふ》に落ちていない。そもそも腑に落ちるほどの感情がないのだから。

でも、不思議と、妖精に出会える機会を失ったことよりも、ローザがこれで悲しまないですむのかが気になった。

三章　沈黙のティアラ

翌日、カトリーナはパリュールのティアラとブローチを持って現れた。

先日の追い詰められ方からすれば、持ってくると決めたのも無理もないとローザは出迎える。

しかし、カトリーナは持ってきたティアラとブローチを前に「もう一つ、頼みたいことがあるの」と切り出した。

「あれから、あなたに言われてずっと考えていた。できることをやりきってから手放しても遅くないって。一つだけあった。おばあちゃんが言い残して、わからなかったことがあったの」

カトリーナは泣き笑いのようにくしゃくしゃにしながら懇願した。

「こんなに頼るのも申し訳ないんだけど、あなた達ならわかるかな……？」

彼女は、自分で一歩踏み出したのだ。

ローザは、胸一杯の安堵《あんど》を覚えながら、カトリーナに話を促した。

カトリーナはどうしても自分の小説にかける思いをわかってほしくて、自分の書いた話を持って、祖母に談判しに行ったのだという。

「私が小説にのめり込むきっかけになったのは、間違いなくおばあちゃんだった。私は私が面白いと思った作品をたくさんの人に読んでもらいたい。悲しいだけじゃない、戒めだけじゃない。文章を読むのが楽しいと思いながら、本に親しんでほしいと思ったの」

誰かに気持ちをわかってほしい。最も慕う人であればなおさら。

しかし、エスメは頑《かたく》なに受け入れようとせず、結局口論に発展したのだという。

「おばあちゃんは、最後まで小説は趣味にして結婚しなさいと言ったわ。文筆で稼ぐのは厳しいからって。でも私は小説を書いて自分の能力でお金を稼いで、自分が思う幸せを摑《つか》みたかった。結局は平行線だったのね。ただそのときも私は小説で食べていくことは難しいって嫌ってほどわかっていたの。だからつい、こう言ったのよ『どうせ私のことなんて馬鹿だと思ってるんでしょ』って」

理解されない自棄《やけ》から出た言葉だろう。

理解されない、理解できないと言われてしまえば、とてもではないが冷静になど語れない。心にないことを口走ることすらある。

「けどね、そうしたらおばあちゃん、不思議なことをしたの」

「言葉、ではなく……？」

ローザの問いに頷《うなず》いたカトリーナは、テーブルに載せてあった花嫁のティアラを持ち上げると、頭に載せたのだ。

「おばあちゃんは、私の前でこうしてティアラを頭に載せたの。そしてこう言ったわ」

『わたくしは、あなたの前でこのパリュールをすべて身につけられるわ。作家になると言うのであれば、意味を読み解いてみなさい』

「パリュールを、すべて身につけられる、ですか」

謎かけのような話に、ローザは困惑した。

それがわかったのだろう、カトリーナは苦笑した。

「うん、全然わからないでしょう。私も花言葉や石の産地や年代について調べられる限り調べたわ。でもおばあちゃんの言いたいことは全然わからなかった。おばあちゃんは私に意地悪をしたかっただけで、本当は意味がないんだとすら思ったわ」

カトリーナは頭から下ろしたティアラを見つめる。

「本当は、おばあちゃんが生きている間に、面と向かって聞ければよかった。けどおばあちゃんの真意を知るのが怖かったんだ。それでも、もしかしたら、本当にひとかけらでもなにか意味があるのかもしれないと思ったら諦められなくて……。預かってもらっている間だけでも、探ってみてくれないかな」

ほんのわずかな手がかりだ。けれど、彼女は、もう一度知ろうとしている。

その決意をローザは、応援したい。

「かしこまりました。できる限り調べてみます」

ローザが答えると、カトリーナは安心したように微笑《ほほえ》んだ。


預かったパリュールは、ひとまずアルヴィンの部屋に置くことになった。

ただアルヴィンは日中に詳しく調べるため、ティアラを店舗に持ち込んで観察している。

この数日、ローザは店番の傍ら、カトリーナが置いていってくれた、自分が調べたときの資料を読んでいた。

作家としての性分なのか、カトリーナは花言葉や鉱石の種類をはじめ、それらにまつわる伝説や逸話についても調べていた。ここまで調べても手がかりが掴めなかったのなら、諦めるのは無理もないと思ったほど。

早くも暗礁に乗り上げそうでローザが悩んでいると、傍らにアルヴィンが来た。

彼はティアラの観察をしていたのだが、どうしたのだろうか。

「アルヴィンさん、どうかなさいましたか」

「カトリーナが貸してくれた資料に、花嫁のパリュールにまつわる記述があれば、読ませてほしいなと思って」

「ございましたよ。どうぞ」

ローザが渡すと、礼を言ったアルヴィンはいそいそと読みはじめる。

カトリーナの書き文字は癖が少ないほうとはいえ、手書きの文字をよどみなく読んでいく様には感心する。

同時に、態度が変わらないアルヴィンに、ローザは切なさと安堵を覚えた。

ローザが心情を吐露した一件から、なんとなく態度がぎこちなくなってしまっていた。

聖誕祭について聞くどころではなくなってしまったな、と内心苦笑する。

程度の差はあれきっとカトリーナも、エスメに対しこのような気持ちだったのかもしれない。

聞きたいけれど、怖くて聞けない。

望んだ答えではないかもしれない。悲しい答えかもしれない。

聞かないほうがきっと後悔するのに、どうしても一歩が踏み出せない。

そういうこともあるのだと、ローザは今回の件で実感した。

間もなく読み終えたらしいアルヴィンが、顔を上げてローザを見た。

「ふむ、僕が調べた逸話より少しだけ詳しいかな。さる貴婦人が金細工師と相談し、夫に想《おも》いを伝えるために作ったものというのは新しい発見だ」

「彼女は政略結婚だったそうですが、夫君となる方を愛しておられたようですね。パリュールを身につけて夫の前に立つと想いが伝わり、幸せに暮らしたことが『花嫁のパリュール』の逸話が生まれたきっかけのようです。おそらく、エスメ様はこの逸話をカトリーナさんに再現されたのだと思う、のですが」

ローザは改めて、アルヴィンの机にあるティアラを見た。

他のジュエリーと同様、緻密なカンティーユ細工も素晴らしい一品だった。

赤みがかった金色で表現された花々は薔薇《ばら》、ニワトコ、ガーベラ、アネモネ、薔薇、ダリアの順に並び、それぞれ美しく咲き誇っている。

ティアラに施された装飾はさらに綺麗だ。花々の花芯には大粒のダイヤモンドやパールが塡《は》め込《こ》まれており、花冠と呼ぶにふさわしい華やかさがあった。

コリンズ邸で見せてもらった薄紅のウエディングドレスと共に身につけると、見事に調和するのは肖像画でよく知っている。

きっとこのパリュールを依頼した女性を、美しく華やかに彩ったことだろう。

しかし、なぜエスメがカトリーナの前で身につけられると言ったのか、となるとわからなかった。

「花言葉はカトリーナさんも一通り調べられています。薔薇は愛を表す典型的な花ですし、ニワトコは〝思いやり〟や〝愛らしさ〟、ガーベラは〝希望〟、アネモネは〝君を愛する〟、や〝期待〟、と様々です。薔薇、アネモネ、ガーベラは色によっても花言葉が変わりますし、良くない意味を持っています。ダリアも〝華麗〟の他にも〝移り気〟という意味が伴っております。つながりがあるといえばありますが……」

「一貫性はないね。ティアラに花の色に関する手がかりがない以上、花言葉を特定するのは難しいだろう」

「……そう、ですね」

アルヴィンの指摘に、ローザは同意して肩を落とした。

「エスメ様がティアラに想いを託したのは間違いないとは思うのです。宮廷時代に作られたパリュールで、エドワード・ピンチベック氏の最高傑作とも言って良い特別な品です。きっとピンチベック氏も花嫁様をおもんぱかって作られたはず。ご存じだったエスメ様はそれをティアラで示された……」

カトリーナの「目の前」でティアラを頭に載せたことが、一つのヒントなのだろう。

だが、まだ知識が乏しいローザではそれ以上のことはわからない。

カンティーユという技法になにか特別な意味があるのか、それともまだローザが知らない花嫁と花婿のエピソードにまつわるのか。

いいや、カトリーナが知らず解き明かせないものを、エスメが出すとも思えない。

カトリーナがエスメのことを話すときには悲しみや悔恨はありつつも、慕わしさも滲《にじ》んでいた。

悲しい悔しいと感じながらも言葉を交わすのは、相手に理解してほしいからだ。

そしてローザには、エスメがカトリーナに対して語った言葉の数々は、カトリーナを心配して案じているように感じられた。

幼いカトリーナを助けたエピソードからしても、愛情深かったのは明白だ。

カトリーナの意志に添う形ではなかったかもしれないが、きっとエスメもカトリーナのことを思っていた。

……ただ、エスメはなぜ直接言わなかったのか。

ローザが思い悩んでいると、視界に影がかかる。

顔を上げると案の定アルヴィンで、表情はいつもの微笑みだったが、どこか困っているような気がした。

そういえば、普段なら用がすんだらすぐ自分の席へ戻っていくのに、彼にしては珍しくまだローザの側にいる。

まるで、なにかをためらっているような。

「あの、ねローザ。僕に手伝えることはないかな」

「えっ……」

申し出が意外で、ローザは驚きの声を上げる。

これは妖精にまつわる問題ではなかったから、カトリーナにお願いされたときも個人的に引き受けたつもりだったのだ。

「それは、ありがたいのですが、どうして……？」

「君が自分で解決したい、と思っているのは感じられるのだけど、僕は君の助けになりたいな、と思ったんだ」

ローザが目を見開く中、アルヴィンは自分の机からティアラを持ってきた。

「最近の君は、僕に対して話すことをためらっているような仕草が多いと感じている。ためらっていることがいくつあるのかはわからない。少なくとも、その一つはこのティアラを預かりたいと言ったことだろう？」

彼はそっとサイドテーブルにティアラを置き直した。

金とダイヤの輝きもまばゆいティアラは相変わらず美しい。

その美しさの裏に潜んでいるかもしれない死の気配に、ローザはあのときの不安を思い出し唇を引き結ぶ。

アルヴィンは椅子に座るローザの傍らに片膝をつくと、ローザを見上げた。

「あれから、君の言葉を考えてみたんだ。それでも、僕はパリュールを預かって妖精の存在を確かめられるかもしれないと期待することをやめられない。君が話してくれた『怖さ』を実感するのも難しい」

「はい、わかっています」

ローザは諦観と共に静かに頷く。

大丈夫だ。それがアルヴィンだとわかっている。

だがアルヴィンはローザは見上げたままこう続けたのだ。

「それでもね、今のように僕に語ることをためらって君がしおれてしまうことが、僕はとても気になるんだ。君の言葉は、対立的な批判ではなく、僕ができない思考の一意見として受容したい」

「わたしの言葉が、アルヴィンさんのご迷惑になりませんか」

アルヴィンの言い回しは独特だったが、ローザはすがるように確認する。

すると、アルヴィンもまた理解の色を見せた。

「そうか。君の不安は、君の発言で僕が不愉快に思ったかもしれないと懸念した部分もあるのかな。なら大丈夫だよ。対立した意見を出されて不愉快に思う感情がないからね」

アルヴィンの淡々とした言葉が、今は優しく聞こえた。

「今回は君の意見を採用しない形になるけれど、君の気持ちを否定したくはない。だから、最大限の努力をする、ではだめかな?」

彼の言葉は、いつもより少し歯切れが悪かった。

アルヴィンは、ローザの言葉と想いを理解しようとしてくれているのだ。

その上で、歩み寄ろうとしてくれた。

もう、この言葉だけで充分な気がしてローザは胸が一杯になった。

わからないと言いながら考えて、言いにくいことを声にしてくれた。

もちろんまだ胸に悲しみはあるけれど、今度はローザの問題だ。

彼が考えてくれた分だけ、ローザも考えよう。

「……はい、充分です。ありがとうございます」

ローザが微笑むと、アルヴィンの頬からこわばりが消えた。

今までよりも顔つきが柔らかい気がして、ローザは彼もほっとしたのだと感じた。

「よかった。それでね、カトリーナの頼みも僕の興味の範囲外なのは本当だ。けれど君が僕の心を見つけると言ってくれたように、僕も君が苦手とすることで、僕が手伝えることならば、助けたいなと思ったんだよ」

アルヴィンの少々遠回しな話し方に、ローザは少しだけ笑いそうになるのを堪えた。

彼は言いづらいことを話すとき、話が遠回しになりがちだ。

「ローザを手伝いたい」というのは、彼にとって言いづらいことだったらしい。

それを伝えるために、挙動不審だった部分があったかと思うとかわいらしく感じられて、ローザの肩から完全に力が抜けた。

そうだ、一人でできないことがあれば、助けを求めれば良いのだ。

「ではアルヴィンさん、お知恵をお借しください」

頬を緩ませてローザがお願いをすると、アルヴィンはぱちぱちと瞬《まばた》くなり納得した。

「うん。僕は君にお願いをされたいらしい。さっきまでの倦怠感《けんたいかん》がなくなった」

立ち上がったアルヴィンは、さっとローザの傍らに持ってきた椅子に陣取る。

その早業にローザは面食らいながらも、それだけ積極的な彼に安心しつつ問いかけた。

「わたしはもう行き詰まってしまったので……アルヴィンさんがお気づきになったことはありませんか」

「僕もモチーフから推測するのは間違っていないと思うよ。ただ、パリュールが作られた時代に合わせた考え方をしてみるのはどうだろうか？」

「時代、ですか？　ええと確かこちらは宮廷時代に作られたものでしたね」

「その通り。今から百年以上前の時代だ。ただこの時代、花言葉は一般的ではなかったんだよ」

もたらされた話にローザはぽかんとした。

そうすると、すべての前提が変わってくる。

ローザの衝撃など知らないように、足を伸ばしたアルヴィンは、優雅に続ける。

「もちろん、花言葉の前身になる象徴や意味の付与はあっただろう。けれど統一された意味として編纂《へんさん》されたのは、たった数十年前だ。だからひとまず花言葉は除外して良《い》いんじゃないかな」

「あの、では！　このパリュールが作られた時代に流行《はや》っていたものをご存じですか！　技法や意匠など、なんでも良いのです」

　ローザが勢い込んで尋ねると、アルヴィンは記憶を探るように周囲を見渡す。

「細かなガラスを用いて絵を描くモザイクジュエリーやピンチベック社のジュエリーも流行っていたね。国によっても変わるけど、今回はエルギスに限定するとして、一番は……そう、メッセージジュエリーだ」

　メッセージジュエリー、宝石の頭文字によって特別な意味を作る装飾品のことだ。

　ローザはとっさにパリュールを見て、少し気を落とす。

　ティアラに使われている宝石は、すべてダイヤモンドだ。

　きらきらと輝いて美しいが頭文字などは到底意味になりそうにはない。

　それにもう一つの理由で、あり得ないだろうと納得してしまった。

「このパリュールを注文した方は、はにかみ屋だそうですし、流行をそのままメッセージとして組み込むことはないでしょうね……」

「ちょっと待って、注文した貴婦人の性格をどこで知ったの？」

　アルヴィンに問いかけられ、消沈していたローザは戸惑った。

「どこで、といいますと、パーカーさんがおっしゃっていたのですが……」

一度聞かれたときに言いそびれていたかもしれないと、ローザは気づいた。

アルヴィンは少し考えていたが、ひとまず脇に置くようだ。

「──そう。まあいいや。今の花言葉のように、当時はメッセージジュエリーの意味が認知されていただろうね。つけて歩くのは大声で喧伝《けんでん》するようなものだ。読み方を知る者だけが意味がわかったのかな？」

アルヴィンの仮説を受けて、ローザはカトリーナの話やパリュールの姿をもう一度思い出してみる。

「パリュールのアクセサリーにはすべて同じ花が使われています。ただ、そういえば必ず薔薇《ばら》が二つ使われておりませんでしたか」

目の前のティアラもそうだ、薔薇が二つ組み込まれている。

ローザの問いかけに、アルヴィンも改めてティアラを見た。

灰の瞳が一気に理解の色に染まる。

「薔薇……ローズ、ニワトコはエルダーとも言ったね。そしてガーベラ、アネモネ、ローズ、ダリア──ああ、わかったよ。これは花の並びが重要なんだ」

言うなりアルヴィンは、紙に花の名前を書き出しはじめた。

なにがわかったのか。ローザが期待と不安に揺れながら見つめていると、彼は書きながら説明してくれる。

「いいかい、まずこのティアラを含め、パリュールのアクセサリーはすべて同じ花が使われている。しかも、花の並び方もすべて同じなんだ」

ローザは他のアクセサリーの並びを思い出そうとしたが、うまくいかなかった。

それでもアルヴィンの記憶力は以前から知っていた。

だから彼がそう言うのであれば同じなのだろう。

「君が『薔薇が必ず二つ使われている』と言ったことで気づいたよ。薔薇は確かに華やかな花だけど、これだけの花を集めた中で、なぜ薔薇だけが特別なのかは二回必要だったからだ」

「二回、ですか？」

「そう一種のメッセージジュエリーなんだよ。花の綴《つづ》りを一覧にしてみたから、見て」

なにがなんだかわからないローザは、アルヴィンが差し出してくれた紙を見る。

Rose＝ローズ《薔薇》
Elder＝エルダー《ニワトコ》
Gerbera＝ガーベラ
Anemone＝アネモネ
Rose＝ローズ

Dahlia＝ダリア
「そして、頭文字だけを取ってみると、こうなる」

REGARD＝リガード

ローザは最近、この単語を見たことがある。

大きな感情のうねりを感じながら、カトリーナの話を思い出していた。

『おばあちゃんにもそう説明されたわ。言葉を表すものだから、できれば本来の宝石のほうが良いものよってね』

「エスメ様は、カトリーナさんに、メッセージジュエリーについてお話しされておりました。その単語の意味についても教わっていたことになります。カトリーナさんもメッセージジュエリーのイヤリングを大事にされておりました」

「エスメは正しく、カトリーナにもわかるメッセージを残していたということになるね」

「……はい。はい！　そういうことになります！」

濃霧の中を歩いているような感覚が一気に晴れていく。

ローザは自分の声が喜びと希望に弾んでいるのを自覚した。

同時に、カトリーナの悔恨を解くには、意味がわかっただけではだめだと思った。

エスメがどうしてこのような伝え方をしたかまで、読み解かなければならない。

なぜ、エスメがこのような意味のあるティアラをカトリーナの前で被《かぶ》ったのかは、もう確認はできない。

けれど、推測はできる。

アルヴィンはローザの青の瞳に金が散りはじめるのに気づく。

夜空に星々が瞬くような金の煌《きら》めきは、青をより深く鮮やかに見せる。ローザが希望を持ち強い意志を持った証拠だった。

アルヴィンはその煌めきを眩《まぶ》しく見つめながら、問いかけた。

「僕が読み解けるのはここまでだ。あとは、わかる？」

「……大丈夫です。ありがとうございます」

ローザは自分の心に宿った答えを確かめるように、胸の前で手を握り合わせた。

言いたくても言えなかった。相手を困らせてしまうから。

その代わりにティアラへ託した沈黙の想《おも》い。

きっと、これで合っている。悲しみに満ちたカトリーナとエスメの溝を一刻も早く埋めてあげたかった。

一つ呼吸を整えたローザは、アルヴィンにお願いする。

「アルヴィンさん、今すぐカトリーナさんにお伝えしてきて良いでしょうか。しばらくは自宅にいるとおっしゃっていましたので、ひとまず自宅を訪ねてみたいのですが……」

「わかった。僕も外出したいし、だったら店を閉めてしまおうか」

アルヴィンの快諾をありがたく思いつつ、彼の行きたいところはどこなのだろうと気になった。

ローザの疑問をよそに、さっとティアラを片付けはじめるアルヴィンは、思い出したように言った。

「そうだ、約束してほしいのだけど、もしハンス・マーチン氏に会ってもあまり話し込まずに帰ってくるんだ。もしなにかあれば『店主が手紙の件で話したいと申しておりました』と言うんだよ」

「？　はい、かしこまりました」

まるで謎かけのような伝言だと思ったが、アルヴィンの物言いが真剣に思えて頷《うなず》いた。

マーチンから手紙を受け取っていたと言っていたし、それに関連するのだろう。

納得したローザは、ふと聖誕祭について思い出した。

一番確かめたいことは、まだ聞くのは怖い。

けれど、勇気を出せば聞けることは、聞いてみようか。

よし、と決意を固めたところで、アルヴィンがしみじみと続けた。

「できたら聖誕祭までには解決したいと思っているからね。ごちそうはなるべく憂いをなくして、おいしく食べるものだろう？」

「えっ！」

まさに考えていたことを先に話題に出され、ローザは素っ頓狂な声を上げてしまう。

アルヴィンはおやという顔になる。

「ずいぶん驚いているようだけどどうしたかな？　クレアはすごく張り切っているし、セオドアは五人で食べるための七面鳥を確保するつもりだけど。ミシェルも都合が付いたら顔を出すと言っていたから」

ローザは、緊張で少し声がかすれた。

「あの、もしかして、こちらで聖誕祭のパーティをされますか」

「そうだよ。セオドアも僕も実家に帰らないから、毎年ここで聖誕祭を祝うことにしているんだ。僕は実家になにも言われないけど、セオドアはまじめだから家族の誘いを断る理由が必要でね。実際にパーティをしているんだよ。そういえば、君が聖誕祭をこの家で過ごすのははじめてだったのに、確認していなかったね。……もしかして誰かから誘われていたかな？」

アルヴィンの声音は予定を確認するにしては、緊迫しているように感じられた。

なんだろう？　と少々疑問に思う前に、ローザは急いで首を横に振った。

「いえ、なにもございません！　聖誕祭はずっと母と二人で過ごしていたので、一人はどういう気持ちになるのだろうと、不安で……。だから、だから、嬉《うれ》しいです……」

ローザはこみ上げてくる安堵《あんど》を噛《か》み締《し》めた。

子供のようなことで悩んでいた恥ずかしさと、それでも感じる嬉しさに頬が熱くなる。

アルヴィンはローザを見下ろしたまま沈黙する。

こんなことを言われても困るだけだろう。

ローザは一気に軽くなった心のまま明るく言った。

「では、聖誕祭のプレゼントの準備をしますね。クレアさんと、グリフィスさんと、アルヴィンさんと、もしかしたらミシェルさんの分もでしょうか」

「プレゼント？　そうか、聖誕祭ってプレゼント交換をするものだったね。僕らはごちそうを食べるだけですませていたんだ」

「そうなのですか？　なら準備しないほうが……？」

ローザがしまったと訂正しようとすると、アルヴィンは首を横に振る。

「いいや、プレゼント交換しようか。ミシェルはなにかしら持ってくるはずだし、セオドアにも言っておけばいいだろう。彼はローザに熊のぬいぐるみを持ってきたこともあるしね」

今も部屋の番をしている大きなぬいぐるみを思い出したローザは、くすりと笑う。

心が弾んで躍り出す。

先ほどまでずっと気が重かったのに、聖誕祭の日がとても待ち遠しくなった。

「楽しみにしておりますね」

ローザは心からそう言うことができた。


閉店作業を終えたローザは、制服の上からコートを着込むと街に出た。

手にはカトリーナから借りた資料が入った手提げを握っている。

パリュールはパックの呪いを確かめるために数日手元に置く必要があるが、資料は早めに返しても良いだろうと思ったからだ。

カトリーナの家は、乗合馬車に乗って三十分くらいの場所にあるアパートだ。

都心部からは少々遠いが、その分だけ家賃が安い。中流階級《ミドルクラス》向けの集合住宅が多く立ち並んでいる地区にあった。

まだ仕事人の帰宅には早い時間帯のため、道路は閑散としている。

ローザはアパートの階段を上って最上階近くの扉にたどり着く。

扉の向こうで物音が聞こえた。外に響くほどの大きな物が倒れたような音だ。

心配になったローザは、ひとまず扉をノックした。

そこで、シャツの袖に付けたレースのカフスが緩んでいるのに気づく。

このカフスは汚れやすい袖口の解決策を相談したら、ミシェルが作ってくれたものだ。

いわば付け袖で、リボンを結んで手首に固定する。

後で直そうと思いつつローザは声を上げた。

「カトリーナさん、わたしです。エブリンです。いらっしゃいますか?」

少しの静寂の後、細く開けられた扉から顔を出したのは、コリンズ邸の事務弁護士、マーチンだった。

白い物が目立つ髪をなでつけた彼は、柔和な笑みを浮かべてローザを見下ろした。

「おや、エブリンさん。このような場所で出会うとはなんて奇跡なのでしょうか」

少々大げさには思えたが、当たり前の挨拶だ。

しかしローザは全身に形容できない悪寒を感じた。

どっどっどっと心臓が早鐘を打ちはじめる。

なにかがおかしい。けれどなにが?

強烈な違和感を覚えながら、まずローザは彼との距離を測った。

相手が手を伸ばしたとしてもすぐに届かない位置だ。

ハマースミスに住んでいたときの習慣が、体に染みついていたようだ。

どんな場所でも相手でも、まずはとっさに逃げやすい距離を取る。

あの街では鉄則だった。

ひとまず安堵したローザは、努めて穏やかにマーチンに応じた。

「こんにちは、マーチン様。なぜカトリーナさんのご自宅に？　カトリーナさんはどちらにいらっしゃいますか？」

ローザがめまぐるしく考えていると、マーチンは心配と焦燥をあらわに答えたのだ。

「カトリーナは昨日から行方不明になっているんですよ！　女性の部屋に入るのも申し訳なかったのですが、少しでも手がかりがないかと探しに来たんです」

「そんな、カトリーナさんが!?」

昨日というと、パリュールを持ってきた後だろうか。

動揺するローザに、マーチンは切々と訴えてくる。

「そうです、女性ならば私が気づかない物に気づけるかもしれません。彼女が持っているはずのパリュールもなくなっていますから、物取りの可能性もあります。エブリンさんも一緒に探していただけませんか？」

パリュールがないのは、青薔薇骨董店に持ち込まれたからだ。ローザは言いかけたが脳裏にアルヴィンの忠告がよぎった。

『もしハンス・マーチン氏に会ってもあまり話し込まずに帰ってくるんだ』

彼がそうお願いするということは、なにかしら根拠があるはずだ。

ためらったとたん、マーチンの言動の不自然さに気づく。

なぜマーチンは探してくれないかといいつつ、扉を大きく開けようとしないのだろう。

まるで中を見せたくないようだ。

それに、どうしてマーチン自身がカトリーナを探しているのか。

行方不明の手がかりを見つけるのなら、まず警察が室内を調べるのが自然だろう。

そもそも……なぜ弁護士とはいえ他人のはずのマーチンが、カトリーナの部屋に入れたのだろうか。

人を疑うのは気がとがめるが、ローザは一歩後ずさりながら答えた。

「でしたら、わたしは警察に相談してきます。きっとグリフィスさんなら力になってくださるはずですから」

「い、いえ警察にはすでに相談していて……っ」

マーチンが焦って身を乗り出してきたとき、ローザは扉の隙間から室内が見えた。

荒らされて物が散乱した室内の奥には、縛られて猿ぐつわを噛まされているカトリーナがいたのだ。

非常事態を確信したローザは、即座にその場から逃げ出そうと身を翻した。

しかし通路の前に男が立ちはだかった。

背は高くないが、着古したコートの上からでもわかるほど体格ががっちりとした男だ。

荒事に慣れた男だと悟り、ローザが別の方向へ逃げよう振り返る。

眼前にあったのは黒い銃口だった。

「あなたがここに来たのは、間違いなく神の思《おぼ》し召《め》しであり運命だよ」

ローザに銃口を向けるマーチンは、人に銃を向けているとは思えないほどにこやかだ。

逃げられない。

凍えるほどの恐怖を覚える。だがローザはとっさにカトリーナに渡すはずだった資料を投げて逃げようとした。

当然のごとくがっちりした男に取り押さえられる。

「大人しくしなさい、悪いようにはしないから。おい、荷物は適当なところに捨てておけ」

マーチンの猫なで声と配下への指示の冷徹な響きの落差に、ローザは怖気《おじけ》を覚える。

だが、片手でローザを押さえながら、荷物を拾う男の視線が逸れたのを見計らい、ローザは手首のカフスを緩める。

無理矢理立ち上がらせられる中、祈るような気持ちでカフスを落とした。

床に落ちたカフスは、幸いにもカトリーナを引きずり出すマーチンや、ローザを拘束する男にも気づかれなかった。

ローザの脳裏に思い浮かぶのは、長い銀髪と灰色の瞳の、妖精のように美しい人だった。

＊

店を出たアルヴィンが向かったのは、赤いレンガ造りの高層の建物が整然と立ち並ぶ金融街だった。

毎日朝夕大量の事務員達が通勤でごった返すそこは、まだ終業時間ではないこともあり、閑散としていた。

金融街では多くの経済活動を支える下請け事務所は不可欠であり、法律や契約に関する専門的な知識も必要とされる。ゆえに雑居する建物の中には弁護士の個人事務所も数多く存在していた。

アルヴィンの目的は、ロビン・パーカーの事務所があるはずの雑居ビルの一室だった。

なぜ、彼を訪ねるか。それは「パックの祝福」を解明するためだ。

気になったのは、ローザを通じて聞いた、ロビンの言動だ。

ローザはロビンから「パリュールを依頼した貴婦人ははにかみ屋だった」「エドワード・ピンチベックは女性だった」と教えてもらったという。

エドワードが女性だったことは、アルヴィンも詳細に調べてわかった。しかし、パリュールの製作を依頼した本人の性格など、通常の調査で知ることは不可能だ。

あり得るとすれば、公文書には残らない人々の記憶だ。知っている可能性があったのは、持ち主だったエスメぐらいだ。

赤の他人であるロビンは、依頼時にエスメから聞いていたとすれば一応は説明がつく。

しかし、アルヴィンには違和感がある。

パリュールの盗難、チャーリーの失踪、エスメの遺言、そして幽霊。

ロビンはパリュールにまつわる一連の事件で、最も外側にいるにもかかわらず、最も中心にかかわっている。

アルヴィンは、パックの呪いを解き明かすにあたっての懸念事項を潰すために、ロビンの正体を確かめる必要があった。

アルヴィンがビルの階段を上ったところで、ロビンの事務所がある方向から言い争う声が聞こえてきた。

見ると扉の前には紺色の制服に制帽を被《かぶ》った警察官と、仕立ての良《い》いフロックコートにオーバーコートをかさねた男がいる。

ある意味予想通りの展開に、アルヴィンは部下の尋問を見守るオーバーコートの男に声をかけた。

「やあ、セオドア。君が聴取に来ていたんだね。やはりダミー事務所だったかな？」

セオドアはアルヴィンを見るなり、厳《いか》めしい顔をさらに険しくする。

それでもすぐに部下の様子を見つつ小声で応じた。

「相変わらずお前はタイミングが良い……先日ようやくパーカーの弁護士免許が偽物だとわかった。しかしこの通り事務所には連絡を転送するだけの男しかいなかった。雇われた男はなにも知らなくてな、釈放したパーカーの足取りを掴《つか》みたかったんだが……」

「その口ぶりだと、パーカーになにかあったのかな」

「パーカーが宿泊していたホテルから、部屋が荒らされていると通報があったんだ。さらに、彼が持っていたはずのパリュールがすべてなくなっている」

「パリュールがなくなっている」というのがなにを意味するのか悟ったアルヴィンは、目を細めた。

「ハンス・マーチンについては調べたかな」

「ああ、ミズ・コリンズのスライドガラスが注文された工房には、マーチンが数年にわたって同じ絵姿を繰り返し注文していた記録があった。なぜ複数枚なのかはわからんが……少なくとも幽霊騒ぎにはかかわっている。本格的に身辺を調べたら出るわ出るわ真っ黒だったぞ」

セオドアは調べた結果を思い出しているのだろう、忌ま忌ましげに続けた。

「奴は事務弁護士の立場を利用して公文書偽装に盗品処分、資金洗浄にまで手を染めていた。弁護士として依頼を受けた家の価値ある物を、適当な理由を付けて引き取り転売していたんだ。コリンズ邸にもパリュール目的で近づいたのだろうな」

「事務弁護士は、依頼人の資産を把握することも業務のうちだ。資産について聞き出すのも簡単だろうね」

「さらにチャーリー・コリンズのごろつき仲間に聞き込みをしたら、マーチンの命令で後ろ暗い使い走りをしていたようだ。頻繁にマーチンに対する悪態をついていたと証言が取れた。チャーリーが言った『クソ弁護士』はマーチンの可能性が高い」

「マーチンは、チャーリーを殺す動機まであるのか。それで、君達はパリュールの持ち主であるパーカーを確認しに来たんだね」

「ああ、マーチンのほうには別の刑事が行っている」

頷《うなず》いたセオドアは、眉を寄せて未《いま》だに悩む顔になる。

「ただ部屋に押し入り荒らしてまでパリュールを盗む行為は、マーチンの今までのやり口とはかなり異なっている。パーカーは別件に巻き込まれたか……？」

アルヴィンはいても立ってもいられないような居心地の悪さを覚えた。

体を内側から無遠慮に撫《な》でられるような悪寒だ。

これは無視をしてはいけないのだと、経験則で知っている。

ロビン・パーカーは一から十まで怪しい。

ロビンとローザが会話していた光景を思い出すだけで、アルヴィンはみぞおちあたりに不快感を覚える。

が、同時にアルヴィンは彼が残していった言葉を覚えていた。

『ハンス・マーチンはここに来たかい？』

アルヴィンは、最近頻繁に青薔薇骨董店《ブルーローズアンティーク》に届けられた物品が鍵になると考えている。

ただ、情報を正しくつなげるには、アルヴィンの思考だけでは足りない。

「ねえ、セオドア。五十代の男性が一度仕事先で会っただけの少女に『運命だ』と語るのは、一般的に考えてどういった評価になるかな」

「は……？」

アルヴィンの唐突な質問に、セオドアはぽかんとする。

「具体的な行動としては、一日と開けず手紙を送ってくる。内容は熱烈に食事へ誘ったり、いかに自分の好きな人に似ているかを力説したり等だ。他にも聖誕祭を共に過ごしたいと送ったり、贈り物をしてきたりするのは、どういう意味を持つかな」

硬直していたセオドアは、息を吹き返すなり眉間にぎゅっと皺《しわ》を寄せた。

「なんだその非常識な行動は。良識と常識のある社会人であればあり得んぞ」

「そうか、マーチンはローザが『エスメに似ている』と言ってこれらをしたんだ」

それを聞くなり、セオドアは目を剝《む》いて吠《ほ》えた。

「なんだと!?　エブリンさんが!?　なぜ早く言わない！」

耳をつんざくような声には、アルヴィンでもわかるほどの怒気が含まれている。

「手紙や贈り物は彼女の手に渡る前に郵便事故で判読不可能になっていたり、壊れていたり、僕が先に検《あらた》めたりしたんだ。いずれは相談しようとしていたんだよ」

動揺を抑えるように深く息を吐くセオドアの反応を、アルヴィンは注意深く観察する。

彼の動揺と嫌悪ぶりから、アルヴィンが考えていたよりも非常識であり得ないものだと理解した。

体の内側からざらざらと撫でられる不快感が強くなる。

気を落ち着けたセオドアは、低い声で言い聞かせるように語った。

「いいか、それはあまりに常軌を逸した行動だ。若いお嬢さんが受け取ったら嫌悪と身の危険を感じるくらいだぞ。俺に相談するのが遅かったことは問題だが、エブリンさんの手に渡る前に処分できたのは評価しよう。警察が介入するのが難しい案件なのが非常に悔しいのだが、そのまま……っとアルヴィンどこへ行く」

きびすを返したアルヴィンに、セオドアが併走しながら問いかける。

アルヴィンは黙々と歩を進めながら端的に話した。

「カトリーナの家に行かなくてはならない。パーカーの部屋が荒らされてパリュールがなくなっている。マーチンの犯行だと仮定すれば、次に狙うのはもう一人のパリュールの持ち主であるカトリーナだ。そして今ローザはカトリーナのところに行っているんだ」

アルヴィンがこのように語ると、大半の人間は意味がわからないという顔をする。

あるいは、短絡的な結論だと思うのか、「心配しすぎだ」「そんなことは起きない」と取り合わない。

だがセオドアはすぐにアルヴィンの意図をくみ取り、はっきりと危機感を持った。

「もし遭遇すれば、マーチンがコリンズさんだけでなくエブリンさんを狙うかもしれないと言うんだな。お前がそう感じたのなら動くべきだ。馬車を出そう」

「ただ、彼女の所有するパリュールは今僕の店にあるんだ。おそらくは大丈夫だとは思うけれど」

「可能性は潰していこう。もしかしたらエブリンさんが無事に帰ってきているかもしれないからな。巡回に部下を向かわせる。コリンズさんの住所は……」

「覚えているよ。じゃあ行こう」

セオドアが用意させた馬車で、アルヴィン達はカトリーナの住む地区に向かった。

体の内側がざわざわと撫でられるような不快感は強まるばかりだ。

アルヴィンは記憶していた番地で建物を特定し、階段を早足で上っていく。

カトリーナの部屋の扉はかすかに開いていた。

迷わず扉を大きく広げたアルヴィンの眼前に広がったのは、明らかに侵入者に荒らされた部屋だった。

素早くあたりを見渡したアルヴィンは、部屋の入り口付近に落ちていたものを見つける。

見覚えがあった。

それはローザが今日、身につけていたレースのカフスだった。彼女は間違いなくここに来た。

険しい顔で室内を見分していたセオドアがアルヴィンの手元を覗《のぞ》いた。

「それはエブリンさんの物か？」

「ローザが身につけていたカフスだよ。自分で外さない限り、絶対に落ちない装飾品だ」

話しながらもアルヴィンは、全身の血液が一気に引いて、足下がなくなってしまったような感覚に陥った。

「ローザが攫《さら》われた」

自分の声がどこか遠くに聞こえた。

四章　意志と誓いのネックレス

　ローザが乗せられた馬車がようやく止まったとき、太陽は西に沈みかけていた。

　強制的に馬車に押し込められて以降、カトリーナと身を寄せ合っていたローザは、次はなにをされるのかと身を固める。

　だが同乗するマーチンは、内側から扉を開くと、ローザとカトリーナに降りるよう示すだけだった。

　気味悪く思いながらも従ったローザは、降りようとしたとたん馬車に揺られた疲労でよろめいてしまう。

　その体を、マーチンに支えられた。

「大丈夫ですか？」

　その言葉だけは案じるものだったが、ローザは全身にざっと鳥肌が立った。

　ローザはもちろん、隣にいるカトリーナも両手は縛られている。

　外を見ると御者役のがっちりとした男が、逃げないように行動を監視している。

　なによりそう話すマーチンの片手には、しっかりと拳銃が握られていた。

彼らは間違いなく、ローザ達を逃がさず、いざとなれば害する意志がある。

カトリーナは長年信頼していた弁護士の豹変《ひょうへん》に衝撃を受け、馬車に乗っている間もずっと青ざめていた。

ローザもまた、マーチンがどのような男か馬車の中で嫌というほど思い知ったのだ。

マーチンに恭しく促されるまま連れてこられたのは、鬱蒼《うっそう》とした森に埋もれるよう佇《たたず》む半壊した建物だった。

重そうな木製の扉はかろうじて付いているが、美しかっただろうステンドグラスは割れ、天井は一部が崩れ落ちてしまっている。

なぜかローザが既視感を覚えていると、カトリーナが呆然《ぼうぜん》とつぶやいた。

「おばあちゃんが結婚式を挙げた教会だ……なんで……」

ローザもようやく思い至る。エスメの絵画の背景に描かれていた教会なのだ。

マーチンは、御者役の男に外を見張っているよう命じると、扉を開けて、にこやかな顔でローザ達を振り返った。

「さあどうぞ、お入りください」

彼の手に構えられている拳銃を無視できず、ローザ達は中へ入るしかない。

室内は外観と同様荒れ果てていた。割れた窓から忍び込んだ蔦《つた》がはびこっている。

正面には木製の祭壇がかろうじて残っているが、礼拝用の長椅子の多くは脚が折れてかしぎ、風雨で朽ちている。

手すりは折れて転がり、壁にかけられていただろうタペストリーも破れて落ちてしまっていた。

真《ま》っ直《す》ぐ延びる通路の両脇に並ぶ長椅子や床にはキャンドルスタンドが並べられ、ゆらゆらと揺らめく炎があたりを照らしていた。

突き当たりにある祭壇近くの長椅子の近くには、また別の髭面の男が立っている。

さらに仲間がいたことに動揺しながらも、ローザは男の足下にもう一人、倒れている男を見つけた。

ろうそくの橙色《だいだいいろ》の明かりにも負けない、赤々とした髪には見覚えがある。

「パーカーさん⁉　どうしてここに⁉」

カトリーナの動揺した呼びかけに、パーカーはおっくうそうに頭を上げた。

その顔には殴られた痕がある。

洒落《しゃれ》た風に整えられていた衣服も土埃《つちぼこり》にまみれて、乱暴に扱われたことをありありと感じさせた。

パーカーには後ろ手に縛られたローザとカトリーナ、そして後ろで拳銃を構えるマーチンが見えたことだろう。

軽く目を見開きながらも、それでも朗らかに笑ってみせた。

「やあ、お嬢さん達、見苦しい姿で失礼するよ……ッ」

だがその挨拶は、傍らにいた男に腹部を蹴られたことで途切れた。

理不尽な暴力にローザはひっと息を詰める。

男がさらにパーカーへ足を振り上げようとしたとき、マーチンの声が響く。

「女性が怯《おび》えるようなことはやめなさい。もう良《い》いから外で見張っていろ」

その一声で、見張りの男は舌打ちをしながらも外に出ていった。

マーチンが男を使役する様は、明らかに慣れている。

ごくりとローザがつばを飲み込んでいると、マーチンが振り返る。

ローザをまじまじと見るなりうっとりとした表情になった。

「ああ本当に君はエスメ様に似ているね。そうまさに花嫁になる前の彼女のようだ。こんな素晴らしい奇跡に出会えるとは！　私はようやく理想の彼女を得られた！」

朗らかに宣言するマーチンの目は、常軌を逸した色を帯びていた。

ローザはぞわぞわと身の毛がよだつ。

マーチンは馬車の中でも、エスメへの異常なほどの愛と執着を延々と繰り返していた。

今も一人で陶然としゃべっている。

「花嫁のエスメ様の肖像画を見たときは今でも忘れられない。あれほど小柄にもかかわらず、薄紅色のドレスと華やかなパリュールにも負けない毅然《きぜん》とした姿をしていた。その姿は女王陛下にも劣らない！　実際のエスメ様は私など眼中になく、彼女は誰にも迎合しないのだとますます美しさを感じるばかりだった。唯一惜しむらくは人間の彼女はすでに年老いていたことだ。私にできるのは絵姿を作ることだけだったんだ」

ローザに手を伸ばさないことが不思議なほどの妄執だった。

逆らえばなにをされるかわからない。だがなにもしなければ突破口も見つからない。

カトリーナは完全に怯えて硬直している。

ローザは恐怖と不安を押し殺すと、慎重に問いかけた。

「あなたがマジックランタンで使われた、エスメ様のスライドガラスを作られたのですか？」

「そうだよ、せめて絵姿だけでも手元に置こうと思って様々な表情で作らせたんだ。彼女が亡くなったときもとても悲しくて、彼女の部屋でスライドガラスを見たものさ。それをカトリーナに邪魔されたのは全く不愉快だったよ」

「私が幽霊で悩んだのってあなたのせい……!?」

カトリーナの愕然《がくぜん》とした声が響くと、マーチンからぐわりと怒気が立ち上った。

「だまれ！　このあばずれが！　小説なんぞにうつつを抜かした甘ったれのくせに私に逆らいやがって！」

すさまじい剣幕に、カトリーナはひっと後ずさる。

だが一度火がついたマーチンはわめき散らす。

「チャーリーの馬鹿野郎もだ！　親のすねをかじるしか能がないクズのくせに、勝手にパリュールを盗んだあげくこの私を罵った！　しかも私がパリュールを取り戻そうとしてるのに、ぽっと出のエセ弁護士は邪魔をしてくる！　あばずれは私が引き取ると慈悲をくれてやってるのにパリュールを手放さない‼　みんな私を馬鹿にしやがって‼」

マーチンがいらだち任せに蹴った手すりは脆《もろ》く折れた。

激しい音と暴力にカトリーナとローザは身をすくめる。

しかしマーチンはローザが怯えていると気づくと、狼狽《うろた》えて駆け寄ってくる。

「ああ、もちろん君は違うとも。むしろこの苦難もきっとすべては君に出会うためだったんだよ。エスメ様にうり二つであり、未婚の若い君という神が与えたもうた奇跡に！」

すがりつく勢いにローザが硬直している間に、マーチンの目が異様な熱を帯びる。

ローザはかすれそうになる喉をなんとか動かして、言った。

「あなたは、なにをしたいのでしょうか」

するとマーチンは気味が悪いほどにっこりと笑うと、持っていたバッグからなにかを取り出す。

それはあの花嫁のパリュールの箱だ。

彼が箱を開くと、ティアラとブローチ以外のすべてのアクセサリーが整っている。

おそらく、ロビンから奪ったものだろう。

そして……箱には行方不明とされていたネックレスとイヤリングまで揃《そろ》っていた。

マーチンは晴れやかな笑顔で言う。

「これから君と結婚式をするんだ」

ローザはなにを言われたか理解できなかった。

カトリーナも絶句している。

にもかかわらずマーチンは満面の笑みのままだ。

「たかだかクズが一人死んだだけで、私はルーフェンから出なくてはならない。だが、エスメの生き写しの君がいればこんな街に未練はない！　早めに海を渡りたいんだが、女性は結婚式を特別に楽しみにするものだろう？　私も君のウエディングドレス姿は見たいからね。ほらドレスもちゃんとコリンズ邸から持ってきたんだよ」

マーチンが得意げに指さしたのは、祭壇にかけられている薄紅色の布だ。

それがエスメのウエディングドレスなのだと、ローザはようやく気づいた。

彼はローザのためと言いながら、自分の欲望を押しつけることしか考えていない。

自分の尊厳を冒される、ぞわぞわとした不快感に吐き気がした。

なんとか堪えていると、カトリーナが声を荒らげた。

「チャーリーを殺したのはあんたなのねっよくもっ……!?」

詰め寄らんばかりの勢いに、マーチンは打って変わって高圧的に見下した。

「当たり前だろう。あのクズはパリュールを手に入れるためだけに面倒を見てやっていた。なのに、勝手に私のパリュールを売り払っただけじゃなく私を侮辱したんだぞ！　『こんな偽物を後生大事にしてばあちゃんにつきまとってるなんざ、気持ち悪《わり》ぃんだよこの変態野郎が』とな。私の愛は偽物などではない！」

顔をどす黒くしたマーチンは、怒り任せに拳銃の引き金を引いた。

空気を切り裂く発砲音にローザもカトリーナも悲鳴を上げてしゃがみ込む。

銃弾は頑丈そうな長椅子の背をいともたやすく穿った。

マーチンは興奮が収まらないのか、ぶつぶつとつぶやきながら歩き回る。

「そうだ……だからクズ野郎をぶん殴って当たり前なんだ……。あの程度で動かなくなるほうが悪い。ネックレスとイヤリングを回収したのだって、誰かに盗まれないように保護しただけ……。そう、そうだ私は悪くないのに、エセ弁護士が私を犯罪者呼ばわりしてパリュールを取り上げようとするからこうなるのだ。そうだ悪くない私は彼女と一緒になるんだそうすればこの状況も打開できるさ！　なぜなら幸福が約束されるのだから！」

パリュールの箱を祭壇に置いたマーチンは、代わりにドレスを持って青ざめるローザの元に戻ってくる。

「だから私はちゃんと手順を踏むのさ。君が幸せな花嫁になれば私だって幸せな花婿だ！

このクソ野郎も見届け人には役に立つし、そこのあばずれも君の着替えは手伝えるだろう？　そうして私が君にパリュールをつければ完璧だ」

マーチンは薄紅のドレスをカトリーナに放り投げると、取り出したナイフでローザの手首を縛っていた縄を切った。

至近距離で感じたマーチンの息にローザはぞっとする。

ローザを肩越しに覗《のぞ》き込《こ》んだマーチンは、猫なで声でこう続けた。

「もし君達がなにかしようとしたら、君達のせいであのクソ弁護士が死ぬよ」

マーチンがナイフを向けた先は、ぐったりと地面に倒れ伏したままのロビンだ。

蹴られて以降ぴくりとも動かないロビンに、ローザの不安はふくれあがる。

浮かれたように支離滅裂な理論を吐くマーチンは、全く話が通じそうに思えない。

数で勝っていても、満足に身動きが取れないロビンと、女性であるカトリーナと小柄なローザだ。拳銃を持ったマーチンから逃げ出すことすら難しい。

しかも逃げ出したとしても、外にはマーチンの仲間の男が二人もいる。

自分達だけはどうしようもない。

でも、とローザはレースのカフスのない片袖を見て、祈るように目をつぶった。

脳裏に思い浮かぶのは銀髪と灰色の瞳のアルヴィンだ。

彼にはカトリーナの元へ行くと伝えてある。

カトリーナの部屋の入り口に落としたカフスを見つけてくれたら、アルヴィンは必ずローザの異常事態に気づいてくれるはずだ。

マーチンを気にしていたアルヴィンだ、きっとローザには及ばない読み解き方でここまでたどり着いてくれる。

彼は、とても運が良いから。

ローザはこみ上げてくる恐怖と不安をなんとか押し殺して、立ち上がった。

「……わかり、ました」

「ローザ!?」

動揺するカトリーナの声を聞きながら、ローザはマーチンを真っ直ぐ見つめた。

今はあまりにも情報が少なすぎる。

少しの挙動も見逃さないよう注意深く観察しながらも、震えそうになる声を張った。

「ですがパーカーさんが生きていらっしゃるか、確かめさせていただいてからです。わたしはあなたに会うのは二度目ですから、人となりがわかったとは言えません。懸念は一つでも少ないほうがこちらとしても安心できます」

交渉は、ローザとしても賭けだった。

だがすべてに怯えてしまっていては、いざというとき逃げ出すこともできない。

怒鳴られたり殴られたりする覚悟もしていたローザだったが、マーチンは意外にも恍惚《こうこつ》とした表情をする。

「ああ、ああ！　そうだとも。君はここまで追い詰められても私に気高く要求するのだね。花嫁の頼みを叶《かな》えるのも花婿の度量というものだ！　着替えはその扉の聖具室を使うと良いよ」

許可を出したマーチンに、ローザは困惑しながらもロビンの元へ駆け寄った。

暗がりにいたロビンは、近くで見ると想像よりも酷《ひど》い状態だった。

おそらく服の下は痣《あざ》だらけだろうと容易に想像できる。

「パーカーさん、大丈夫ですか。お返事はできますか」

最悪の事態を想像したローザが早口に問いかけると、赤毛の頭がかすかに動き、青い瞳がこちらを向く。

その瞳には思った以上に活力があった。

安堵《あんど》するローザは小声で話しかけられた。

「私の荷物の中にある巻物を、なんとか私に持たせてもらえないかな」

「え……？」

「荷物は聖具室に放り込まれているはずだ。そうすればカトリーナと充分に逃げられる隙を作れる」

彼の提案は謎かけのようだった。

　しかしロビンの青の瞳にはからかいなどみじんもない。

「ですが、表には見張りが……」

「カトリーナなら抜け道を知っているはずだ。――私を信じられる？」

　ローザが返事をする前に、カトリーナの小さな悲鳴が響く。

　手首を縛る縄は切られていたが、彼女はよろめきながらローザの傍らに膝をついた。

　はっと後ろを振り向くと、仮面のような無表情でマーチンが拳銃を構えていた。

「話は必要ないんじゃないかな？　さあ、日が沈みきる前に着替えてきなさい」

　今は従うしかない。

　ローザはカトリーナを支えて立ち上がったのだった。

＊

　聖具室でローザと二人きりになったカトリーナは、決壊しそうな感情のままローザに頭を下げた。

「本当に、本当にごめんなさい、私がわがままなお願いをしたばかりに、あなたを巻き込んじゃった……！」

　体の奥から震えるような恐怖と、無関係のローザを巻き込んでしまった申し訳なさ。

そしておぞましいマーチンの欲望を目の当たりにして、カトリーナはどうしていいかわからなかった。

ことの始まりは、たった数時間前なのだ。

いきなりカトリーナの部屋を訪ねてきたマーチンは、血走った目でパリュールを出すよう要求してきた。

拒否をしたとたん、カトリーナを縛ると一緒に踏み込んできた男と共に部屋の中を荒らしてパリュールを探しはじめたのだ。

その間中、マーチンは祖母エスメに対するゆがんだ感情をぶちまけていたのだ。

パリュールがないと理解すると、マーチンは拳銃でカトリーナを殺そうとした。

狙いを定め、引き金が指にかかり、カトリーナがもうダメだと思ったときに訪ねてきてくれたのがローザだったのだ。

元はといえば、自分が青薔薇骨董店《ブルーローズアンティーク》にパリュールを持ち込みさえしなければ、ローザがあのタイミングで来ることはなかったはずだ。

すべて自分のせいだ。

なのにローザが来て、一人きりではなくなって良かったと思う自分の浅ましさに吐き気がした。

カトリーナの手には、今ではマーチンの欲望の象徴となってしまった祖母のウエディングドレスがある。

聖具室は祭事に使う物を保管するための部屋だ。明かり取りの窓には厳重な鉄格子が塡《は》められているから、逃げ出せるわけがない。

自己嫌悪に涙がこぼれそうになっていると、自分の手が小さな手に包まれた。

黒髪を丁寧に結い上げた青い瞳の少女ローザだ。

多少疲れが見えるが、彼女は怒りも悲しみもなくカトリーナを見つめて言った。

「大丈夫です。ご自分を責めないでください」

「で、でもあいつ、頭のおかしいこと言って、チャーリーまで殺したって……！」

「そうです。悪いのは、あの方です。カトリーナさんも、もちろんわたしも悪くありません。だから今は生き延びて逃げ出すことを考えましょう」

きっぱりと言い切ったローザは気丈で、落ち着いているように思えた。

自分のほうが年上のはずなのに狼狽《うろた》えてばかりいて、カトリーナはますます自己嫌悪に沈みかける。

けれど、取られた手が氷のように冷たくかすかに震えていることに気づく。

ローザは落ち着いているとばかり思っていたが、改めて見ると表情はただ硬直しているだけだ。

カトリーナは自分の勘違いを殴りたくなった。

今ローザは突然理不尽な暴力に晒《さら》された。

それだけでなく、個人の尊厳を踏みにじられ、カトリーナとロビンを盾に取られて、強要をされているのだ。

多大な重圧と恐怖と屈辱を感じるのは当然で、それを堪えてカトリーナを励まそうとしてくれている。

せめて、彼女の気持ちには応えたい。

カトリーナは小さな手を握り返したが、どうすれば良いかなど思い浮かばない。

途方に暮れていると、ローザは扉の向こうに聞こえないよう小声で問いかけてきた。

「カトリーナさん、ロビンさんの荷物を探してくださいませんか。その中に入っている巻物を渡してくれたら、ロビンさんがわたし達が逃げる時間を稼いでくださるとおっしゃっていたのです」

「ッ……!?」

うっかり大きな声が出かけたのをカトリーナは堪えた。

先ほどロビンとローザが話していたのはそれだったのだと気づいたが、到底素直に飲み込めずに聞き返した。

「ローザ正気!? そりゃあの変態野郎に捕まった被害者だけどさ、パーカーさんだって怪しいことこの上ないのよ。しかも縛られて怪我《けが》をしているのに」

ロビンはマーチンのチャーリー殺しとパリュールの窃盗に気づいたが、返り討ちに遭ったのだろう。

それでもパリュールを先んじて手に入れようとしたと疑う余地はあり、彼が本当に助けてくれるとは思えなかった。

なのになぜ、ローザは真《ま》っ直《す》ぐ信じられるのだろう。

思えばカトリーナの話ですら、ローザは当たり前のように信じて祖母の残した伝言を探してくれた。

自分は祖母の心を疑ったというのに。

彼女の物の見方はあまりに綺麗《きれい》で、自分の醜さを鮮明に感じた。

それでも、ローザは穏やかに語るのだ。

「カトリーナさん。こんなことになってしまいましたが、わたしは、おばあさまのティアラの伝言がわかったのでお伝えしようと思ってきたのです」

まさに今考えていたことで、見透かされたような気さえしてどきりとする。

こんなときだというのに、最後に祖母と言い争ったときのことが鮮明に蘇《よみがえ》り、たちまちカトリーナの胸は痛みと後悔の苦さで一杯になる。

両親はカトリーナに関心が薄く、家庭教師の一件以降はエスメの家だけが安息の地だった。書物や豊かな自然を通して多くのことを教えてくれた彼女は、厳しくもあこがれの存在だったのだ。

だから、自分を救ってくれた小説を書く作家を目指したし、作家になることをエスメにだけは認めてほしかった。

でも本当は違うこともうすうす気づいていた。

エスメに認めてほしかったのは、自分の選択に不安があったから。両親に反対されて本当に小説家としてやっていけるか、気が弱くなっていた。

だからせめてエスメにだけは応援してもらって、保証を得たかった甘えだった。

エスメはきっとカトリーナの甘えを見抜いていた。

だから、厳しく反対したのだ。

わかっている。わかっているのだ。

それなのにローザの言葉に期待してしまう自分がいる。

「あのパリュールには、すべて同じ花が使われていましたよね――……」

ローザは静かな表情で、ティアラに込められた想《おも》いを語ってくれる。

驚きと戸惑いと、なぜそのようなことに気づかなかったのかという脱力が襲ってくる。

だが、それでもなおエスメの意図はわからない。

カトリーナがむなしい虚脱に襲われる中、ローザは続けた。

「ここからは、私の想像です。……きっと、おばあさまは言いたくても言えなかったのだと思います」

「言えなかったって……おばあちゃんはいつだってずばずば物を言ってたのよ？」

それこそ信じられなくて懐疑的になるカトリーナを、ローザは穏やかに受け止める。

「言えるからこそ、でしょうね。このようなメッセージを選んだことから、未知へと進む意志を固めたカトリーナさんをとても評価していらっしゃったのだと思います。けれど平凡でも、ある程度保証された幸福を選んでほしいお気持ちも本当でした。だから、諸手《もろて》を挙げて応援もできなかったのではないでしょうか」

「あ……」

カトリーナの脳裏に、エスメの表情が蘇る。

『良《い》い殿方がいらっしゃるはずです。そうすれば平凡でも幸せを摑《つか》めます。作家になる前に家を出てしまえば、生活に苦労するはずです。それで続けられるのですか』

エスメは作家という職業を一度も貶《けな》してはいなかった。

あくまでカトリーナが自活できるかについて言及していたのだ。

結婚の相手は、たいていは両親など他人に選んでもらう。

出会った夫があまり良くなくても、選んだのは自分ではないからと言い逃れができる。

多少文句は言いながら漫然と生活は続けられるのだ。

両親を見ていればわかる、ほどほどに幸福になれることだろう。

作家という、男でも身を立てるには険しい道を歩むよりも、確実に幸せでいられる。

「おばあさまは、応援すると言うことも、ご自分の意志を押しつけることもできなかった。けれど、あなたを思う気持ちだけは伝えたかった。だからティアラに託したのではないでしょうか」

ローザの言葉がゆっくりとカトリーナの心に染みていく。

エスメがティアラを被《かぶ》った姿が自然と思い浮かんだ。

『わたくしは、あなたの前でこのパリュールをすべて身につけられるわ。作家になると言うのであれば、意味を読み解いてみなさい』

目頭が熱くなるのを感じたが、カトリーナからこぼれたのは笑みだった。

「おばあちゃん、そんな殊勝なこと考えなかったと思うわ。意地っ張りだもん」

「そう、ですか？」

「うん、そうじゃなきゃ、読み解いてみなさい！　なんて最後に言うわけないもの。思い詰めすぎて話を聞かない私に対する八つ当たりも入っていたんじゃないかな」

冷静に思い返せば、エスメの言葉は言い方はともあれ、カトリーナを心配するものばかりだ。

エスメの言い方に慣れていたカトリーナこそ気づかねばならなかったのに。

「……まあ、でもおばあちゃん、私のこと大好きすぎるんじゃないかな？」

祖母は、愛情深い人だった。

パリュールに授けられた意味を知った今なら、あの言葉がよくわかる。

本当に本当に、最後まで心配してくれただけだった。

エスメはある意味背中を押そうとしてくれたのだろう。

今の生活だと、食事はパンと夜にベーコンが食べられたらごちそうだ。

いつだって明日の支払いのことを考えている。

自分はこの話を書きたくて書いているのか、それともお金が欲しくて書いているのかわからなくなることもしばしばだ。

だからマーチンやロビンのパリュールの売却話に意志がぐらついた。

結婚したほうが良かったんじゃないかと思ったのも、一度や二度ではない。

それでも、自分で選んだこの道はきっと、幸せだ。

「そのようなおばあさまが、遺言書を託されたロビンさんです。だから、パリュールにまつわることは、信頼しても良いのではとわたしは思うのです」

今こそ、最愛の祖母を信じるときなのかもしれない。

カトリーナはぐっと上を向いて、こみ上げてくるものをやり過ごす。

状況は忘れていない。

カトリーナは薔薇《ばら》の名を持つ少女に向き直った。

「わかったわ。パーカーさんを信用する」

手分けしてロビンの荷物を探すと、すぐに綺麗な飴色《あめいろ》の革鞄《かわかばん》が見つかった。

中には確かに黄金の艶を持つ巻物があった。

広げようとしてもうまくいかず、中は読めなかったが、彼が言うのはこれだろう。

「表玄関は見張りがいるわ。けどこの聖具室から祭壇を挟んだ反対側にも袖廊下があったのはわかる？　その奥の壁が崩れて外に出られるところがあるの。子供の頃はそこから入ってよく遊んでたのよ。入り口はがらくたに隠れて中から見えないし、外も茂みに覆われてるからきっとマーチンは知らないわ」

「わかりました。では時間稼ぎをいたしましょう。目的はロビンさんに巻物を渡すこと。そして助けが来るまで、殺されないようにすることです」

ローザが当たり前のように「助けが来る」と言ったことに、カトリーナは目を剝《む》いた。

かろうじて大声は上げなかったが、早口で確認する。

「ど、どうしてそんな風に言い切れるの!?　だって誰もここに私達がいることも、ましてや犯人がマーチンだってことすら知らないのよ!?」

「アルヴィンさんは、きっと気づいてくださいます」

祈るように両手を組むローザに、カトリーナは一時目を奪われた。

アルヴィンは、彼女の雇い主の青年だ。

特異とも言える長い銀髪をまとめた妖精のように美しい彼は、物語の主人公を張れそうな存在感があった。

ただ、独特の言動と、常に微笑《ほほえ》みで固定された美貌。そして感情が読めない超然とした雰囲気に、カトリーナは気後れするばかりだったのだ。

けれど、ローザにとっては一心に信頼する人なのだ。

「そう。なら、私もあなたを信頼して、アルヴィンさんを信じる。時間稼ぎの方法はなにか考えている？」

言いながらもカトリーナは、マーチンの異様な言動を思い返し怖気《おじけ》を覚える。

ただ、ローザの毅然《きぜん》とした態度を見たマーチンは妙に大人しく従っていた。

そういえば、似たような反応に遭遇したことがあったような気がする。

確か、パリュールを見せるために集まった席で、ローザがアルヴィンを制止したときだ。

直後のマーチンはローザをじっと見ていた。

そのときは、きっぱりとした態度に感心したのかと思ったけれど——……

カトリーナは思索の海に沈みかけたが、ローザの少々硬い表情で現実に引き戻された。

「マーチンは、私を若いエスメ様のようだとおっしゃっておりました。ならば、私がおばあさまのように振る舞えば、彼を惑わせることもできるのではないでしょうか」

大胆な提案にカトリーナは息を呑《の》んだ。

効果的かもしれないが、それはローザを矢面に立たせることになる。

自分よりも幼いだろう少女に、あのおぞましい男の気を引けというのはあまりに酷だ。

「いや、でも」

「実はわたしは労働者階級《ワーキングクラス》出身なのです。アルヴィンさんに救われて、青薔薇骨董店で働き始めました。はじめて出会ったときに、カトリーナさんがわたしを『たとえ』てくださった登場人物のようではございませんか？」

唐突な告白に、カトリーナは信じられない気持ちでローザを改めて見た。

ローザは少なくともカトリーナと同じ、裕福な中流階級《ミドルクラス》以上の出身だと思っていた。

だが、カトリーナはかつて自分が「たとえ」たことも覚えている。

『物語の登場人物になったらきっと、不遇な境遇でもけなげに生きてヒーローに見出《みいだ》される青薔薇の精霊のような、人とは違う高貴の生まれの役が似合うわね』

確かに、自分が披露した通りの登場人物像と合致する。

目を丸くするカトリーナに、ローザは固く手を握り合わせながら続ける。

「カトリーナさんは、『たとえ』とおっしゃっておりましたが、人の雰囲気と関係をよく見ていらっしゃいます。だから、もしかしたら、マーチンさんが好んだおばあさまもわかるのではないでしょうか」

自分の「たとえ」はそんな大層なものではない。

だが、カトリーナの弱音は、ローザの強いまなざしに消され、あっと息を呑んだ。

瞳が不思議に煌《きら》めいたように見えたからだけではない。

彼女の佇《たたず》まいが、かつて幼いカトリーナを導いてくれた祖母の姿と重なったからだ。

『カトリン、あなたの力が必要なのです』

エスメは凜《りん》と背筋を伸ばし、わずか八歳のカトリーナの力を求めてくれた。

自分は馬鹿で愚図だと思ってきたのに、エスメはカトリーナの力を信じてくれたのだ。

あのときの誇らしさは、今でも鮮明だ。

「わたしは、おばあさまを伝聞でしか知りません。マーチンがあこがれた若い頃のおばあさまがわかるのは、カトリーナさんだけなのです。わたしが怯《おび》えずに立ち向かえるように知恵を貸してください」

ローザの懇願に、カトリーナは心を奮い立たせた。

自分の「たとえ」に、彼女が言ってくれた通り意味があるのかはわからない。

けれど自分の力を信じてくれた彼女のために動くときなのだ。

誰かを楽しい気持ちにするために、カトリーナは小説を書きはじめた。

今は彼女と自分を助けるために物語を作ろう。

カトリーナは猛然とマーチンの印象を反芻《はんすう》する。

いつものように思いつくまま「たとえ」を口にするのではいけない。

自分で手綱を握り、普段なんとなくですませていたことを言葉にするのだ。

曲がりなりにもカトリーナは人の人生を書いて生計を立てている。

空想でも基盤になるのは現実の人間だ。

要は、あの男の理想の女性というものを描けば良い。

マーチンに感じたのは、強い劣等感と虚栄心。自分の能力に自信はあっても、燻《くすぶ》っている。支配したいと考えているのに、仕える相手でなければならなかった。

そう、だからマーチンが目を付けたのはローザだったのだ。

自分が支配できるようなたおやかで凜とした女性。それでいてじらしもてあそび君臨する女でなくてはならない。

祖母の家でパリュールを披露した日、ローザがアルヴィンを制した言動は祖母のように毅然としていた。

あのときのカトリーナは、マーチンの反応が不思議だったからよく覚えていた。

マーチンはなぜ、ローザとアルヴィンを見て――羨ましそうにしていたのかと。

答えは自分が欲しい関係性を彼女らに感じたからだ。

ならば、エスメそのままではだめだ。

カトリーナはいつだって、瞬発的に動いて後悔する。

だが、気持ちを切り替えることだけは人より少しだけ得意だと思っていた。

泣くのも嘆くのも謝るのもあとだ。

今は彼女と自分が生き残る、特別な物語を披露しよう。

催促するように外から扉が叩《たた》かれたが、もう怯《ひる》まなかった。

カトリーナは薄紅色のドレスを手に取り、ローザに向き直った。

「私は作家だもの。あなたをあの変態野郎をイチコロにする女に見せる筋書きを書いてみせるわ」

＊

薄紅のウエディングドレスは、エンパイアスタイルという全体に広がりを持たせるドレスだった。

臀部《でんぶ》を張り出させる今流行のバッスルスタイルとでは、身につける下着が異なる。

無理矢理着込むと、シルエットが若干いびつになったが、それでも薄紅色のドレスは、驚くほどローザにぴったりだった。

金の巻物をスカートの中に隠したカトリーナと頷《うなず》き合《あ》うと、ローザは扉を開く。

ローザが先に歩いていくと、待ち構えていたマーチンに晴れやかな顔で出迎えられた。

「わあ……見違えた。とても美しいよ。さあこちらにおいで。今日は私達の素晴らしい日になるに違いない！」

自分に酔ったように言うマーチンの右手には拳銃があり、もう片方の手にはロープが握られていた。

おそらくカトリーナをもう一度縛るためだ。

彼女が縛られてしまえば、ロビンに巻物を渡せなくなる。

どうすべきかは、考えてきた。

カトリーナが精一杯考えてくれたことはすべて覚えた。

ローザは一つ呼吸すると、無表情を保ち、淡々とマーチンへ手を差し出した。

拳銃の存在は努めて無視する。

マーチンは、今まで怯えていたはずのローザの行動の意味がわからなかったのだろう。訝《いぶか》しげにする彼に、ローザはむしろ相手のほうが非常識だと眉をひそめてみせた。

「この部屋は足下が悪いでしょう。淑女に恥をかかせる前に、紳士ならばエスコートするのが務めではありませんか？」

実際もう外は真っ暗になっていて、廃墟内《はいきょない》はろうそくの明かりだけが頼りだ。

しかし、いっそ高慢ともいえる態度をマーチンがどう受け止めるか。

ローザは心臓が飛び出しそうなほどの緊張と不安の中でも、表情だけは冷めた風を装い観察する。

マーチンは、どうしたら良《い》いかわからないともでもいうように硬直した。

その狼狽《ろうばい》と焦りに、ローザはカトリーナの見立てが正しいことを確信した。

彼女はマーチンをこう表した。

『マーチンは物語的な登場人物で言うなら、お姫様に横恋慕したいけれど行動に移せない使用人よ。チャーリーを殺したことを失敗だと認めなかったり、立場が弱い私に高圧的だったのは虚栄心が強い証《あか》し。こんな適当さでも手順を踏んで結婚式なんて体裁を整えてるのも、自分が富裕層の手順を踏めると示したいからだと思う。けれどね、本来の富裕層じゃないからこれでいいのか不安になっている。彼はおばあちゃんの前では、まるで下僕みたいにぺこぺこして言うことをなんでも聞いていた。今みたいな態度なんてみじんも見せていなかったわ。使用人で満足していたの。つまりマーチンにとっておばあちゃんは、あこがれであると同時に気後れする存在なのよ。そこにつけいる隙がある』

ローザはカトリーナが授けてくれた話を何度も反芻する。

エスメは、マーチンにとっての理想であり、手を触れてはいけない高嶺《たかね》の花。

だから紳士として扱うことで虚栄心を満たしつつも、下手《したて》に出ず容易には近づけさせない気位の高さを保って接する。

そうすれば、相手のペースを乱せるはず。

「し、しかし……」

マーチンが言葉を濁しながら見たのはカトリーナだ。

彼女を拘束し直さなければならないことは、忘れきっていないのだ。

ならば、とローザはカトリーナを振り返る。

「カトリン、裾を持ってください。ブライズメイドが一人だと心許《こころもと》ないけれど仕方ありませんね」

カトリン、というのはエスメが使っていたカトリーナの愛称だ。

よりエスメらしさを出すために呼ぶことを彼女に提案された。

結婚式では、花嫁の長い裾を持つ子供達、ブライズメイドは偶数用意するのが基本だ。

このウエディングドレスの引き裾は短いほうだが、一人で持つと見栄えがしない。

ローザは暗に、マーチンの不手際を遠回しに責める物言いを選んだ。

ぎょっとするマーチンにローザは念押しする。

「かまいませんよね？」

言葉は尽くさない。

なぜならローザの語る言葉のほうが礼儀に適《かな》っていて、正しいからだ。

そう心の底から考えることで自らを正当化する。

ローザには長い沈黙に感じられたが、実際は一瞬だろう。

マーチンは恍惚《こうこつ》を滲《にじ》ませながらへりくだった笑みを浮かべた。

「もち、ろんですとも。おい、スカートの裾を持つんだ」

カトリーナには横柄に命じながらも、マーチンはローザの手を取る。

マーチンとしては、精一杯恭しいつもりなのだろう。

だが卑屈さが抜けずに不格好さが目立っていた。

男の湿った体温を感じて、ローザは一瞬震えかける。なんとか堪えて身を預けた。

エスコートは男性を信頼して並んで歩くのが鉄則だ。

エスメは人当たりが良く、近隣住民にも貴婦人として扱われるほど淑《しと》やかだった。

まだ夫が存命の頃は、中上流階級《アッパーミドルクラス》の社交界で年下の女性達に慕われるほど人気だったらしい。

同時に身内であっても礼儀作法には厳しく、自分が否と感じたことに対しては、断固として信念を貫く強さを持っていた。

ならば従順にしてはだめだ。微笑《ほほえ》みを浮かべながらも相手の無礼には毅然《きぜん》と接する。

ローザはこの一時だけ、女王のように振る舞うことを決めた。

だから嘗《な》めるようにローザの肢体を見るマーチンの視線を努めて無視しつつ、歩幅は小さく、静々と祭壇近くにまで歩いていく。

これだけろうそくが煌々《こうこう》と灯《とも》っていても、ろうそくの周り以外は闇に溶け込んでいた。

ローザはロビンの姿を探すと、彼は着替える前と同じ最前列の長椅子の側にいる。

ろうそくの火が届かない位置で見えづらいが、長椅子の脚に手首を縛り付け直されているようだ。

安堵《あんど》したものの、ドレスの裾を持つカトリーナからは遠く、マーチンから動きが見えてしまう。どうにか、マーチンの注目をローザに引きつけなければ。

「さあ、ここで待っていておくれ。最後の仕上げが必要だからね」

ローザがめまぐるしく考えているうちに、マーチンはローザの手を離してしまう。

そんな彼が弾んだ足取りで向かったのは、祭壇に置いてあるパリュールだった。

箱からネックレスを取り出すと、喜色満面の笑みで近づいてくる。

「さあ、あなたのパリュールだ。これさえ身につければ、あなたは幸福な花嫁になるだろう？　さあ、つけてあげるからこちらへおいで」

ろうそくの明かりで、モザイクゴールドの花々とローズカットのダイヤが煌《きら》めく。

身につけた花嫁にはパックの祝福が授けられ、ふさわしくない者は懲らしめられる逸話が語り継がれたものだ。

そして、エスメが大事なメッセージを託したパリュールだ。

このやりとりは薄氷の上で成り立っている。

マーチンが気分を変えれば、たちまちローザにも拳銃を向けてくるはずだ。

従順に身につけるべきだろうか。——いいや、それだけでは足りない。

ローザはマーチンに自ら歩み寄ると、彼の手からネックレスを引き取った。

ネックレスを受け取ったローザに、マーチンはありありと喜びを浮かべかける。

しかし、ローザの冷めきった表情に面食らった。

ローザは美しいネックレスをマーチンに見せつけるように掲げる。

「あなたは、このパリュールの謂《いわ》れをご存じ？」

「も、もちろんだよ。あなたが教えてくれたんだ。身につけた花嫁はパックの祝福を受けて幸せになる。私はあばずれやクズやペテン師に渡らないよう、パリュールを守ったんだ！　今は私が妖精パックとも言えるはずだよ！」

高々と宣言するマーチンに、ローザは大げさにため息をついてみせた。

明らかに無知な者をたしなめるそれに、マーチンが怯む。

「あなた、なにもわかっていらっしゃらないのね。これは自ら身につけてこそ意味がある
ジュエリーです」

ローザはマーチンを刺激しない程度に、じれったくなるほどゆっくりと祭壇へと近づいていく。

誰かに持たれていない引き裾は重いが、その重さを感じさせないように超然とした態度を保った。

マーチンはいらだちの中でも言葉に興味を惹《ひ》かれたのだろう、ローザの姿に釘付《くぎづ》けだ。

「どういうことだい？」

「かつて、このパリュールを注文した女性は、夫に対し素直な想《おも》いを伝えることができませんでした。だから親友だった金細工師は彼女が伝えたい想いを、このパリュールにメッセージとして込めたのです。最後の一歩を彼女自身に託して」

ローザの姿を追いかけるためにマーチンも動き、彼の視界からカトリーナが見えない位置になる。

それがわかったカトリーナは、決死の表情でそろりとロビンのほうへと歩きはじめた。音を立てれば、マーチンに気づかれる。

彼女が動きはじめたのを視界に捉えながら、ローザはマーチンに視線を注いだ。

「メッセージ？　そんなものどこにも……」

「そうね、普通の方では気づくことは難しいでしょう。当時の社交界で流行《はや》ったメッセージジュエリーを応用したものだから」

煽《あお》ることで、彼のいらだちという関心を自分に集中させる。

どんな反応が返ってくるか予測がつかないが、これしかない。

本当にロビンがこの状況を打開してくれるのか、インクの染みのように黒く広がる不安をなんとかねじ伏せる。

ローザは祭壇までたどり着くと、マーチンを振り向いた。

祭壇周りには特に多くのろうそくが灯されており、薄紅のドレスを纏《まと》ったローザは赤々と浮かび上がって見えた。

「このパリュールのアクセサリーにはすべて同じ並びで花が使われています。薔薇《ばら》とニワトコ、アネモネ、薔薇、ダリアの順で。これらの花々の頭文字を順に取ると……どのような意味になるのか、あなたにはわかりますよね？」

「……REGARD……尊敬、敬愛か。ずいぶん曖昧なメッセージではないかな？」

マーチンはそれがどうしたといわんばかりの大げさな手振りで応じる。

しかし急に動いた彼に、カトリーナがびくついてしまい、その拍子に足が乱れる。

ローザは彼女の足下に大きな木片が転がっているのを見つけ、内心血の気が引いた。

このまま音を立てればさすがにマーチンに気づかれる。

彼が振り返ってしまえば、すべておしまいだ。

ローザはとっさに長いスカートを片手で持つとぱっと広げた。

マーチンには長い裾を整えたように見えるだろう。スカートが広がった拍子に付近にあった小石や埃《ほこり》が音を立てて散っていく。

その音に紛れて、カトリーナが木片を蹴飛ばしてしまった音はかき消された。

ローザの突然の行動にマーチンは驚いたようだが、振り返ることはなかった。

カトリーナには、気づいていない。

「よくご存じね。確かに、様々な解釈ができる言葉だわ」

感謝を示すカトリーナには視線を向けず、ローザはマーチンに微笑んでみせる。

マーチンは自尊心が満たされたように得意げにした。

ローザはマーチンを逃がさないよう強く見つめながら続けた。

「けれど作った貴婦人は、これを自ら夫の前で身につけてみせました。だから、メッセージの解釈は『あなたを尊敬します』。……このメッセージはパリュールと行動、二つ合わせて完成するものなのです」

エスメはカトリーナに向けて、「パリュールをすべて身につけられる」と言った。

それは自らの意志で困難に飛び込むカトリーナを尊敬する、という意味だ。

想いの深さの証しだった。

だから、絶対にマーチンには渡せない。彼の想いには相手に対する敬意がない。

マーチンの得意げな表情が硬直する。拒絶の言葉が理解できないとでも言うように。

ローザはかまわずネックレスを祭壇にあるパリュールの箱に戻す。

するとマーチンは顔色をなくし、徐々に震えはじめる。

「伝えたいという意志と、示したいという勇気がなければ、メッセージはただの記号に過ぎません。身につけるだけでは意味がなく、身につけさせることも意味がないのです」

ようやくカトリーナがロビンの元にたどり着き、彼を揺する。

うっすらと目を開くロビンに、カトリーナがスカートの隠しポケットから金の巻物を取り出した。

そこまで見届けたローザは、パリュールの箱を持ち上げると、わなわなと震えるマーチンを睥睨《へいげい》する。

「だからわたくしが、あなたの前でパリュールを身につけることはありません」

「この小娘がぁ……！！！」

ここまで煽られて、マーチンが怒らないわけはない。

顔をどす黒くしたマーチンはローザに飛びかかってくる。

パリュールを守るためにとっさに体を丸めると、マーチンに顔を叩《たた》かれた。

手加減なしの一撃は、重い引き裾を引いたローザではたまらず硬い石の床に倒れ込む。

「ローザッ！」

カトリーナの悲鳴が響いた。

「全員私を馬鹿にしやがって！　お前らなんて私がいなければ書類一つ作れないくせに！

私のほうがずっと有能で価値のある人間なんだ！」

マーチンは、支離滅裂にわめきながらローザに蹴りを入れようとする。

負けるものか、絶対に。このような男などに。

殴られた頬の熱も忘れて、ローザはきっとマーチンを睨《にら》み上《あ》げる。

足を振り下ろそうとしたマーチンは、ローザの冴《さ》え冴《ざ》えとした青の瞳とその中に散る金粉の輝きに射貫《いぬ》かれ、一瞬怯《ひる》んだ。

その隙にマーチンの足を掴《つか》んだのはカトリーナだ。

しかし、抵抗はあっけなくふりほどかれ、彼女もローザの傍らに倒れ込んだ。

我に返ったマーチンが、怒りのまま銃口を向ける。

ローザはカトリーナとかばい合う。

そのとき……——男の声が聞こえた。

「おい、なにしてんだよ……クソマーチン……」

ローザが今まで聞いたことのない、若く軽薄そうながら恨みの籠もった声だ。

一体誰だ、とローザが目を開けて驚く。

拳銃を構えたマーチンが、顔をさっと青ざめさせていたのだ。

マーチンは狼狽《うろた》えた様子で、周囲を見渡しはじめる。

「ど、どこにいる!?」

「ここだぜ……クソマーチン、よくも、俺にぶち込んでくれやがったな……」

マーチンから後ずさって距離を取りながらも、ローザは声のほうを向いて混乱した。

ロビンがいない。

ロビンがいたはずの場所には、代わりに見知らぬ男性がいた。

明るい茶色の髪をした細身の男性で、どことなくカトリーナと似た雰囲気の顔立ちをしている。ただ声の印象の通り軽薄そうな印象を受けた。

彼の傍らの床には解けた縄があり、手には金色に輝く巻物が広げられている。が、なにより目を引いたのは、頭部にある傷だ。

なにかで頭を殴りつけられたのだろう。傷は陥没しており、今も流れる血液がろうそくの明かりでてらてらと光っている。

ロビンはどこへ行ったのかと考える前に、あまりむごい傷にローザは息を呑《の》んだ。

隣のカトリーナが、信じられないとばかりに青ざめながらつぶやくのが聞こえる。

「チャーリー……？」

「チャーリー坊ちゃん!?　ど、うして……お前は、お前は……ッ」

ローザもようやくカトリーナの動揺を理解した。

茶色い髪の青年が、くだんのパリュールを盗んだチャーリー・コリンズなのだ。

しかし、ローザはちゃんと覚えている。

彼はマーチンに殺されたはずなのだ。

狼狽えるマーチンに、ゆっくりと身を起こした青年は、恨みがましい目でにいと笑う。

ローザにはその瞳が、青く金が散ったような燐光《りんこう》を帯びている気がした。

「ああ、痛かったよ、てめえのせいでなぁ……頭が痛くてたまらねえ。図星を指されたのがそんなにムカついたかよ」

「う、うるさい……」

わなわなと震えながら否定するマーチンを、チャーリーははっと鼻で笑った。

「それでもなぁ、てめえにはどうしたってどぶの臭え匂いがこびりついてんだ。狡《ずる》い詐欺みてえなことしかできねえ俺以下のドクズなんだよ!!」

「うるさいうるさいもう一度殺してやる!!」

わめき散らしたマーチンはチャーリーに向けて銃を乱射した。

しかしチャーリーは驚くほど俊敏な動作で床を転がった。

よけられた弾丸は、不運にもキャンドルスタンドに当たる。

倒れたろうそくの一つは、破れたタペストリーの上に転がり、火が燃え移った。

タペストリーの上に散らばった木片を飲み込むと長椅子を巻き込み、炎の赤はどんどん広がっていく。

冬の乾いた気候のせいで火はあっという間に大きくなり、あたりが明るくなるほど勢いよく燃えはじめた。

消火する手段がないこの状況では、廃墟《はいきょ》全体に火の手がまわるのも時間の問題だ。

銃声を聞きつけて扉から覗《のぞ》いた見張りの男達は、突然の火事にぎょっとする。

男達を見つけたマーチンは動揺しながらも、怒鳴って命令した。

「チャーリーを殺せ！　殺すんだ！　金は倍増する！」

混迷を極めた現場に逡巡《しゅんじゅん》した男達だったが、金に目がくらんだようだ。

マーチンの命令に従い、廃墟内に入ってくるとチャーリーを殺そうと走ってくる。

一体なにが起きているのか、ローザにはわからない。

だが決定的なチャンスだ。

片腕にパリュールの箱を抱えたローザは、カトリーナの腕を引っ張り立ち上がらせる。

「カトリーナさんっ行きましょうっ」

「え、ええっこっちよ！」

カトリーナも我に返ると、立ち上がるなり走り出した。

二人で走り出すとマーチンはすぐに気づいた。

「待てぇ！　逃げるなあ!!」

次々に長椅子や手すりを飲み込み、勢いを増した炎で、教会内は真昼のような明るさだった。

赤々とした炎の中で、マーチンが悪魔の形相で追いかけてくる。

正面はもちろんだめだ。

ローザがカトリーナの道案内で向かったのは、聖具室の反対側だった。

袖廊下の先には落ちてきた天井のがれきや、元はなにかわからない板などが積み上がっていて、一見行き止まりだ。

しかし、よく見ると人が一人かろうじて通れるほどの隙間があり、その奥には裏口らしき扉が開いていた。これは知っていなければ気づかないだろう。

後ろから炎が、猛烈な熱と共に追いつきそうな勢いで迫っていた。

カトリーナがまず隙間をくぐり、ローザが次いで身をかがめて通った。

炎に炙《あぶ》られて熱を持った肌が、冬の森の冷気に晒《さら》された。

背後の明るさとは対照的に、木々の輪郭しか見えない暗闇が広がっている。

そんな、暗い森の向こう側からゆらゆらと揺らめく明かりが近づいてきた。

ローザは一瞬身構える。

だが、明かりに銀髪がきらりと反射するのが見えて、ローザの心は一気に安堵《あんど》した。

気づいてくれると思った。

きっとたどり着いてくれると信じていた。

「アルヴィンさんっ……！」

ローザが大声で呼ぶと、暗い森の中でもはっきりとわかる銀髪の青年が、白い息を切らして駆け寄ってくるところだった。

涙がこぼれそうになったが、ランプを掲げたアルヴィンの表情がすっとなくなった。

ローザはアルヴィンへ駆け寄ろうとしたが、突然スカートを引っ張られたような力を感じた。

ぐんっとつんのめって、地面に倒れ込む。

パリュールの箱はかばったものの、全身を打ち付けて一瞬呼吸ができない。

なんとかローザが振り返ると、長いスカートの裾が、ささくれた木の柱に引っかかってしまっていた。

そして、ローザがたった今くぐった出口の隙間から、ゆがんだ笑みを浮かべたマーチンが顔を覗かせていた。

マーチンは地獄の釜のような赤々とした炎で照らされ、恐ろしい形相でローザを睨んでいる。

アルヴィンには彼が追いかけてきたのが見えたのだ。

マーチンが片手の拳銃を向けてくる。

ローザは絡んだ裾をはずそうとするが、焦りでうまく力が込められない。

なすすべもないローザに、勝ち誇ったマーチンが引き金に指をかけた。

その瞬間、様々なことが同時に起こった。

ローザは、背後に体が強く引き寄せられたかと思うと、木の柱に引っかかっていた裾がちぎれた。

反動のまま、ローザは力強いアルヴィンの腕の中に収まる。

銃声が響いたが、弾丸はローザが寸前まで倒れていた石畳に当たって撥《は》ねる。

撥ねた弾丸は衰えない勢いでマーチン自身に飛び、肩口をかすめた。

ぎゃっと後ろに倒れ込んだマーチンは、がれきを支えていた柱の一部を押してしまう。

刹那、すさまじい音と共にがれきが崩れ、マーチンの濁った悲鳴が響いた。

土煙が薄れると、先ほどまでローザがいた隙間が塞がっている。

マーチンの姿は見えない。

アルヴィンが抱き寄せてくれたお陰で崩落に巻き込まれず、マーチンの魔の手から逃れられたのだ。

引き裾は無残になってしまったが、解放されている。

「ローザ、大丈夫？」

覗き込んでくるアルヴィンの声は驚くほど平静で、いつも通りだ。

ローザの強《こわ》ばった体が緩み、熱い涙がこみ上げる。

片腕にパリュールの箱を抱えながらも、もう片方の手で彼の胸元を握りしめた。

「来てくださると、信じていました」

「うん。マーチンが執着しているのはエスメとエスメに似ている君だった。コリンズ邸にいないのならゆかりのあるこの教会だと思ったんだ」

やはりアルヴィンの着眼点はすごいと思い、ローザはようやく微笑《ほほえ》むことができた。

だが、火は天井を焼き尽くそうとしており、割れた窓からも炎が暴れ出している。

この場に留まれば自分達も危ないと思ったところで、ローザは中にロビンがいることを思い出した。

訴えようとしたローザだったが、立ち上がったアルヴィンに横抱きにされる。

軽々と持ち上げられて、ローザは動揺しながらも彼に摑まった。

「アルヴィンさん……？」

有無を言わさず歩き出すアルヴィンを見上げると、彼はこちらを見ないまま言った。

「やっと、君が言った気持ちが、少しわかった。……――こわかった」

囁《ささや》くような言葉は、火の勢いにも呑まれずローザの耳に届いた。

ほんの少しだけ、ローザを抱き上げる腕に力が込められる。

それきり口をつぐんだ彼に、ローザも口をつぐんでしまう。

大勢の人間が集まっているのか、森や廃墟の周りには複数の明かりが見え、騒がしさに塗りつぶされる。

誰かの上着を借りたカトリーナが涙ながらに駆け寄ってくるまで、ローザはアルヴィンの腕の中にいたのだ。

終章　ポイズンリングと迷いの瞳

旧教会廃墟《はいきょ》を飲み込んだ火事は、その後「なぜか」降りはじめた雨によって周囲の森に延焼することなく収まった。

金で雇われた男達は、火事から逃げてきたところを警察に捕縛された。

マーチンはがれきに押しつぶされたが生きており、病院に運び込まれたのだという。回復し次第、チャーリー殺しだけでなくローザとカトリーナの拉致監禁傷害の罪で逮捕されるらしい。

諸々《もろもろ》の後始末が終わった後、ローザは真昼のティールームで、カトリーナと会った。大事なウエディングドレスを汚してしまったことを謝罪するためだ。

しかしカトリーナはあっけらかんとしたものだった。

「ドレスで命が助かったのなら安いものだわ。むしろローザがドレスのせいで崩落に巻き込まれるところだったんだからね！　そうなっていたら悔やんでも悔やみきれないわよ。そもそも私にはあのドレスは小さかったし、もし結婚するにも着られないもの」

カトリーナは言いつつ、勢いよく紅茶を飲み干す。

あの一夜からまだ間もないが、彼女の表情に暗い色がないことにローザはほっとした。

そして、一番聞きたかったことを尋ねた。

「パリュールは、どうなさるおつもりでしょうか」

紆余曲折《うよきょくせつ》あり、ローザが火事場から持ち出した花嫁のパリュールはすべてカトリーナの元に戻っていた。

警察の調べでロビンの弁護士資格が偽物だと判明し、彼が作成した遺言書は無効だと認められた。

さらにあの騒ぎの中で同じく拉致されたはずのロビンが行方不明だったため、自然とコリンズ家の所有となっていた。

青薔薇骨董店《ブルーローズアンティーク》で預かっていたティアラとブローチも返却しているが、その後どうするかは聞いていなかったのだ。

カトリーナは居住まいを正すと、榛色《はしばみいろ》の瞳でローザを真《ま》っ直《す》ぐ見た。

「パリュールは私が受け継ぐわ」

ほんの少し照れが見えたが、その表情は晴れやかでもう迷いはなかった。

「おばあちゃんは頑固者だった。でもとっても気高くて愛情深い人だった。だって孫の私に『あなたを尊敬している』なんて語る人だもん。おばあちゃんは私の幸福を願うからこそ、パリュールを受け継がせたかったのもよくわかったわ。……本当に私って馬鹿だったなって思う」

ほんの少し、声に涙が混じったがカトリーナは続けた。

「パーカーさんがどうしてあんなことをしたのか最後までわからないけど。私はあの騒動がなかったら、マーチンが仕組んだ『パックの祝福』に踊らされて、パリュールを手放していたわ。でも、それで巻き込まれてしまったあなたには心から謝る。ごめんなさい」

カトリーナにはっきりと頭を下げられたローザは狼狽《うろた》えた。

彼女が自責の念を感じるのも仕方がないだろう。

「あなたは悪くない」と言うのは簡単だが、ローザも危険な目に遭ったのは本当だ。

恐ろしい目に遭ったのも。

だからローザはカトリーナに頷《うなず》くことで答えた。

「はい、謝罪を受け取ります」

「ん、ありがと。でも、当面結婚はしない。今の私は作家として頑張れるところまで頑張りたい。どんなに苦しかろうと厳しい道のりだろうと、私の今の幸せは小説を書いて多くの人に読んでもらうことなの。アルヴィンさんのお陰でパックの祝福は全部人為的なものだってわかったし、もし不幸がきても案外力ずくで乗り越えられるって自信もついたわ」

カトリーナは本当にアルヴィンが廃墟へ助けに来た上に、ローザをマーチンの魔の手から救出したことにいたく感動したらしい。

事実彼女は本題に入る前まで、アルヴィンの救出劇の劇的さを興奮気味に話していた。

それを思い出したローザが若干苦笑していると、カトリーナが得意げな表情になる。

「ただ、もしパックがパリュールを取り返しに来たとしてもこう言ってやるわ」

茶目っ気たっぷりに片目をつぶって、こう続けた。

「幸せかどうかの判断は、私の小説を読んでからにしてちょうだい！　ってね！」

強くしなやかに断言するカトリーナを、ローザは眩《まぶ》しく見つめた。

パリュールを取り巻く事件にはアルヴィンもローザも翻弄された。

けれど、あれほど思い悩んでいたカトリーナが晴れやかな顔をしているのは、今回の事件で一番の喜ぶべきことだ。

ローザと笑い合ったカトリーナは期待を込めて身を乗り出す。

「いつか、このパリュールの騒動も小説に書けたらいいわね。もちろんあなた達が許してくれたらだけど」

「えっ小説に、ですか」

思わぬ提案にローザは面食らったが、カトリーナは本気のようだ。

「あなた達だとわからないくらいにフェイクは入れるけど、せっかくこんな奇妙な体験をしたんだもの。せめて小説の題材にして元を取らなきゃ！　筋書きはそうね、妖精みたいに美しい店主に、薔薇《ばら》のように凜《りん》とした従業員がパリュールの謎を追っていくのっ」

自分そのものではないとはいえ、小説の題材になるなんて想像も付かない。

意欲的な姿勢に圧倒されたものの、楽しげに話すカトリーナは生き生きとしている。

なら良いのではないかとローザは思った。

「アルヴィンさんにも聞いてみないといけませんが、役に立つのでしたらわたしはかまいません。カトリーナさんのお話はとても明るくて楽しく読めますから」

するとカトリーナはぎょっとしてローザを見返した。

「えっローザ、私の小説、読んだ、の……？」

「？　はい、カトリーナさんのお名前が確認できるものだけですが」

いまさら確認されるとは思わず、戸惑いがちに肯定すると、カトリーナの頬がかあっと赤く染まる。

「あの、えっとその……読まれてただなんて思わなくて……！　ありがとう……」

「次回作も、楽しみにしておりますね」

まさかそれほど照れられるとは思わず、ローザもつられて赤くなった。

どことなく気まずい空気が漂う中、カトリーナはこほんと咳払《せきばら》いをする。

「あの、さ。あの廃墟でのこと、思い出すのが嫌じゃなければ確認したいことがあるんだけど」

「私が金の巻物を渡したパーカーさん。確かにチャーリーに見えたよね？」

「なんでしょうか」

カトリーナの質問には確信が籠もっていた。

用事があるというカトリーナが去った後も、ローザは席でぼんやりと残った紅茶を見つめていた。

ロビン・パーカーの遺体は、廃墟の中から見つかっていない。

警察が捜索しているが、まるでロビンという青年がいなかったかのように、痕跡はなくなっているらしい。

ただ、ローザは確かに覚えている。ロビンがいたはずの場所に、チャーリーにしか見えない青年がいたことを。その彼が片手に持っていたのは金の巻物だった。

本来ならあり得ないと一蹴すべき妄想だ。

けれど、ローザはそういう「あり得ないこと」が起こりうることをすでに知っている。

ならば、ロビンは――……

そこまで考えたところで、ローザの向かい側に男性が座った。

警戒したローザは鮮やかな赤髪と青い瞳に驚愕《きょうがく》する。

「やあ、薔薇のお嬢さん。私に付き合ってくれないかな」

消えたはずのロビン・パーカーが朗らかに笑っていた。

突如現れたロビンに対し、ローザがまず確認したのは彼の傷だ。

マーチン達に手酷《てひど》く扱われていたのは知っていたから、あちこち観察する。

しかしロビンはからかうように言った。

「そうまじまじと見られると照れてしまうね」

「……怪我《けが》は大丈夫なのですか」

「それなりに場数は踏んでいるからね、心配してくれたのかい？」

「当たり、前です」

ローザは膝の上できゅっと両手を握りしめた。

一人で出歩き、普通に生活していても、廃墟での恐怖を忘れきったわけではないのだ。

ローザの絞り出すような声に、にやにやと笑っていたロビンはすぐに笑みを引っ込めて困った顔をする。

少しの沈黙の後、足を組んだロビンが切り出した。

「君達には助けられたからね、君の質問に一つ答えてあげるよ。気になることがあるだろう？」

助けられたのは、ローザ達のほうだ。そう語るのは簡単だ。

けれど彼が答えてくれるのであれば、知りたいことがたくさんあった。

質問が一つだけでは到底足りない。

ローザは自分の青い目の縁に触れる。

そして、自ら話したことがない秘密を明かした。

「ロビンさん、わたしの瞳は普段は青ですが、時々、金粉が舞うことがあるそうです」

唐突な告白に面食らった顔をするロビンにローザは続けた。

「以前わたしの瞳が何色に変わるか知りたいとおっしゃっていましたよね。ならばこれで質問を二つにできないでしょうか」

「へえ、面白いね。いいだろう、質問は二つだ」

愉快げに承諾したロビンにほっとしつつ、ローザはめまぐるしく考える。

そう、まずは、これだ。

「まず、一つ目です。花嫁のパリュールが作られてから、今まで守護し続けてきたのは、どういった理由でしょうか」

この質問ができるのはローザだけだろう。そう思った。

ロビンは愉快そうに眉を上げた。

「荒唐無稽なことを言っている自覚はあるかな？　エスメと私の関係についてや、私が彼女と本来どういった約束をしたかのほうが現実的で君のためになるのでは？」

「エスメ様とあなたの関係について、最も知る必要があったのはカトリーナさんでした。ですが、彼女はすでに吹っ切っていますから必要ありません。なのでこの質問は私の興味なのです。ロビンさんの思い入れは、エスメ様よりパリュールにあり、誰よりも長くパリュールにかかわってきたのではないかと感じました」

はぐらかすのなら、それでもよかった。

ローザが返答を待っていると、ロビンは顔を隠すように手で覆った。

「まいったな、私について聞かれるとは思わなかった」

その仕草は、気恥ずかしそうで困っているように感じられた。

「だめでしょうか」

「いや、うん。そうだな。一言で言えば、ただの感傷さ」

なんとか気恥ずかしさを抑え込んだらしいロビンは、懐かしげに目を細めた。

「エドワルダに頼まれたんだ。パリュールで応援したけど、もし友人にふさわしくない夫だったら徹底的に懲らしめてくれって。パックの得意分野でしょうって。私は安請け合いしたんだよ」

エドワルダはエドワードの女性形だ。

つまり、エドワード・ピンチベックに頼まれた。ということなのだろう。

ロビンが金の巻物で姿を変えたときから、まさかと思っていた。

けれど改めて暗示されると衝撃的で動揺した。

目の前の青年は、どこからどう見ても若々しい男性にしか見えない。

だが、彼は少なくとも、パリュールの作られた宮廷時代から百年以上生きているのだ。

「ただ、私は長く一つの場所にいないからね。エドワルダはイイ女だったけど別れるのはすぐだった。あの女も『根無し草よりずっとイイ男がいる』って啖呵《たんか》を切っていたから、幸せになれよと別れたさ。ただな、後であいつが仲の良かった男の求婚すら断って、生涯一人でいたと知って……。ああ、馬鹿なことしたな、と思ったよ」

濁された言葉の端々に、ローザはロビンの後悔を強く感じた。

「いわばあいつの子供であるパリュールくらいは、幸せな持ち主の手にあってほしかったのさ。持ち主は何度も変わったが、エスメはその点ほどほどに幸せで、良い持ち主になってくれた。だから最後にカトリーナのことを頼まれたときに、私から偽の遺言書を提案したんだ。最終的にはエスメのほうが積極的だったね。『カトリンがふさわしくないと思ったら、遠慮なく持ち去ってくださいな。そんなことはないでしょうけど』なんて言われたものだ。まあ事実、カトリーナのあの啖呵を聞いたら、私も諦めるしかないな」

「わたし達の話を聞いていらっしゃったのですね」

「そりゃ私は神出鬼没がモットーだからね。今は女の子でも『幸せは自分で決める』なんて言える時代なんだな」

ロビンは盗み聞きを悪びれもしない。

ただ、その表情は清々《すがすが》しさに満ちていた。

カトリーナの回答は彼の目に適《かな》ったようだ。

「マーチンについてはいわばアフターケアだったんだよ。エスメは全く気づいていなかったからね。そのあたり、あいつは隠すのだけはとてもうまかった。私としては、エスメは充分満足して生を全うしたんじゃないかと思っている」

ロビンは一呼吸ついた後、ローザを見る。

「これで回答になったかな？」

「……はい」

ちょうど紅茶とクリームたっぷりのケーキが届き、ロビンは嬉《うれ》しそうに頬張りはじめる。

みるみるうちになくなっていくクリームとケーキを目で追いながらも、ローザはもう一つの質問を強く意識する。

『あなたの瞳は、隠さなければだめ』

母が残した言葉をはっきりと覚えている。

けれど理由についてはわからなかった。

アルヴィンは母の遺言の理由を、特徴的な瞳が親族を探す手がかりになるからだと推測していた。

エスメが母にそっくりだと知ったときも、彼女と母のつながりを探りたい欲求は堪えた。母が自分の来歴やローザの出生について語らずに亡くなったのは、それ相応の意味があるのだと思ったからだ。

だがロビンが、少なくともこの瞳の意味を知っているのならば。

気にならない、わけではないのだ。

ローザが無意識に自分の目元を押さえていると、ケーキを平らげたロビンが目を閉じる。次に開いたときには、その青い瞳に金の燐光《りんこう》が散っていた。

きらきらと。ちらちらと。吸い込まれてしまいそうなほど、幻想的な金の瞬きだ。

「君の二つ目の質問だろう答えは、これだよ」

鏡越しに、自分の瞳でしか見たことがない現象を改めて目の当たりにして、ローザは息を呑《の》む。

「その、瞳は、なんなのでしょうか……」

口に、出してしまった。

もう知らなかった頃には戻れない。

瞳に金の燐光を散らしたまま、ロビンは残酷なまでにさらりと語った。

「これは妖精の瞳と呼ばれるものだ。妖精と人間の間に生まれた子供と、その血に連なる者が持つ。私の血は濃いから、こうして意識したり妖精の力を使ったりすると出てくる。

先祖返りだと、感情が高ぶったときに出やすい。廃墟《はいきょ》の一件で君の瞳にあったものだ」

ロビンもまた、あの場でローザの瞳を確認していたのだ。

それでも答えてくれるのなら、ロビンにもなにかしらの益があるということだろうか。

「それはつまり、わたしに妖精の血が流れているということでしょうか」

現実味のない単語が、自分の口から発せられるのが奇妙だった。

「どんな妖精かまではわからないが、遠い祖先のどこかにいるのだろうね。私もそれなりに長く生きているけど、久々に出会ったよ。――ここからが、私の本題だ」

ロビンは、組んだ手をテーブルに置いて身を乗り出した。

「妖精の血を持つ子は、妖精に狙われやすく……そして、一度妖精に遭遇した人間にも執着される。まるで花の香りに群がる虫のようにね」

「えっ……？」

ローザは、体の奥が軋《きし》んだ気がした。

心臓が不規則に鼓動を打つのがどこか遠い。

「君も実感しているのではないかな、アルヴィンの妖精に対する異様な執着をね。妖精に遭遇した人間には、必ずなにかしらの欠落がある。その欠落を埋めるために妖精の気配のするものを求めるんだ」

妖精にまつわると聞いてすぐは、少しだけ良《い》いことかもしれないと感じた。

自分がもし妖精に関係があるのなら、アルヴィンの役に立つ。

だから、彼にも明るく話せるのではないかと。

けれど今、ローザは座っているはずなのにその場に崩れ落ちてしまいそうな気がした。

自分と同じ、燐光の散る青い瞳が見返してくる。

「彼らも哀れではあるんだ。妖精なんて彼らが思っているほど大したものではないのにな。アルヴィンには、妖精の気配がべったりと付いている。妖精に魅入られた人間は、本人の意思とは関係なく妖精を求めるんだ」

ああ、やはり。アルヴィンは確かに妖精に出会っていたのだ。

重要なことがわかったのに、ローザはどこか遠くに感じた。

「君は彼に拾われたのだよね。私から見ても彼は明らかに君に対しても執着している。だが……彼の想《おも》いは偽物だ」

偽物、つまり、彼本来の気持ちではない。

そこまで言ったロビンは、申し訳なさそうに眉尻を下げた。

「君にそんな顔をさせたくはないが、君が自分を守るためには大事なことなんだ。どこまで信頼するかは慎重になったほうがいい。先輩からの忠告だよ」

ロビンの態度は、心底ローザを心配するものだった。

＊

聖誕祭の夜。

ローザの部屋には、聖誕祭のもみの木が持ち込まれ、華やかに飾られていた。

部屋の同居民である大きな熊のぬいぐるみにも、先端にぽんぽんが付けられた赤い帽子が被《かぶ》せられている。エセルは退屈そうにあくびをしながら、もみの木の下に置かれたクッションの上で丸まっていた。

部屋の中央には大きなテーブルと椅子が据えられて、プラム・プディングやミンスパイ、七面鳥の丸焼き《ローストターキー》などなど、たくさんのごちそうが並んでいる。

すべてクレアのお手製だ。

ローザも少しだけ手伝ったものの、ここまで素晴らしいごちそうにできたのは彼女のお陰だった。

クレアはいつもよりこざっぱりとした身なりをしており、エプロンも外していた。

彼女の手には、キャンディの包み紙のような形をした筒の片端が握られている。

その一方を持ったローザはちょっぴり緊張していた。

「さあいくわよ、せーのっ」

クレアの音頭で、ローザは持った紙の端を一気に引っ張った。

火薬の匂いと共に、ぽんっと真ん中の筒がはじけ、中から紙のプレゼントボックスが出てくる。

聖誕祭の定番であるクラッカーだった。

二つに破けたクラッカーの端を比べていたクレアが言った。

「あら、ローザさんのほうが大きいわね、プレゼントボックスはローザさんのものだわ」

クラッカーは二人で引っ張り合い、真ん中の部分がより多くくっついていたほうが中身をもらえるルールだ。

ローザがわくわくしながら落ちたプレゼントボックスを拾っていると、同じくぽんっと音がする。

振り返ると、アルヴィンとクラッカーを引っ張り合ったセオドアが、呆《あき》れた顔でやたらと短い片端をぶらつかせていた。

「お前とクラッカーを引っ張るといつもこうだな」

「そうだっけ？　はい二個目はセオドアのだよ」

アルヴィンはいつもの微笑《ほほえ》みのまま、筒の中から出てきた紙の王冠を渡す。

セオドアはため息を吐きながらもすんなりと被った。

そんなやりとりを見ていたのは、最新流行の美しいドレスを見事に着こなした榛色《はしばみいろ》の髪の人だ。

「それなら私はどうするかしらね。アルヴィンと引っ張り合ったらどうなるか気になるけれど、わざわざ負けに行くのも嫌だわ」

そうつぶやく声は低い。

いつもローザが青薔薇骨董店の制服でお世話になっているドレスメーカー、ハベトロットの店主のミシェルだ。

彼は男性だが、男性でも女性的な美しさを持てることを信条としている。今日も聖誕祭で売り出したという、黄色に桃色の差し色が入ったドレスが美しかった。

意外に真剣に悩むミシェルがどうするか決める前に、玄関の扉が叩《たた》かれた。

他に来客がいただろうかと、ローザは不思議に思っていると、セオドアが素早く動いて扉を開ける。

そこに立っていたのは金髪のアルヴィンによく似た男性、クリフォードだった。

セオドアは少々驚いたようだが、すぐに挨拶する。

「これはホーウィック卿《きょう》、ようこそ」

「あれ、来たのかい？」

紙の王冠を被ったアルヴィンもすぐに扉を覗《のぞ》いてくる。

クリフォードは面食らいつつも手に持っていた大きな箱を差し出した。

「たまたま近くを通ったものでな。聖誕祭を祝うのなら、プレゼントくらいは用意すべきかと持ってきた」

「え、そうなのかい？　たまたまと言うけれど、服装はこのあたりを歩きやすい地味なもので、プレゼントは人数分あるようだし従者のあの子も連れていない。だから従者に暇を与えてお忍びで訪ねてきたのだと思ったのだけど」

「本当にあなたはぶしつけだな！」

アルヴィンの横やりにクリフォードは声を荒らげた。

ただ、その顔は羞恥で赤く染まっている。

アルヴィンとクリフォードが歩み寄った一件をセオドアには話していた。

それでもセオドアはクリフォードの態度の違いに面食らったようだ。

ローザはアルヴィンがさらに余計な一言を言ってしまう前に割り込もうとした。

が、その前にすいと割り込んだのはミシェルだった。

「はじめましてミスター。せっかくパーティにいらしてくださったのなら、ちょっとこちらの端を持ってくださらない？」

「う、うむ？」

女性の外見と服装なのに低い声のミシェルに驚いたのか、クリフォードは反射的にクラッカーの端を持つ。

とたん、ミシェルが端を一気に引いたことで、ぽんっと音が響いて中に入っていた紙の王冠や紙吹雪が舞い散った。

「あら残念。紳士様のほうが長いですわね。ではこちらをあなたに差し上げますわ。良い聖夜を！」

ミシェルはクラッカーの中に入っていた飴玉《あめだま》を差し出すと、優美に頭を下げた。

クリフォードの身分を知るセオドアは凍り付き、ローザも少々慌てた。

しかし、クリフォードは戸惑いはしたものの、懐かしそうに目を細める。

「クラッカーか、小さい頃にはよく鳴らした。ありがたくいただこう。これは君達へのプレゼントだ。知り合いの分しかないのだが」

「は、はいありがとうございますっ。わたしは全く用意しておらず申し訳ありません」

クリフォードに差し出された箱を、ローザは受け取りながら謝罪する。

それだけ彼の来訪は突然で意外だったというのもある。

クリフォードは恐縮するローザに目元を和ませた。

「いや、私も今日来られるとは思っていなかったのだ。気にせずいてほしい。あまり時間が取れないのも本当で、今日はこれで帰らせてもらう」

「子爵様」

クリフォードに待ったをかけたのはクレアだった。

ローザは彼女がクリフォードを良く思っていないと知っていたから、若干不安になる。

ふくよかな体を揺らしながら進み出てきたクレアは、案の定顔が険しい。

まるで敵地に赴くような迫力にミシェルもセオドアも気圧《けお》されて、一歩下がる。

クレアは開いた空間に体をねじ込み、クリフォードの前に堂々と立った。

「パーティにいらっしゃってごちそうを食べていかれない方を、手ぶらで帰すわけにはまいりません！　どうぞお持ち帰りください！」

クレアがクリフォードの手に押しつけたのは、かごに入ったナプキンの包みだった。

それっきりふんっと元の場所に戻っていくクレアに、クリフォードをはじめとした面々はあっけにとられる。

だが唯一飄々《ひょうひょう》としたアルヴィンは、クリフォードが持たされたかごのナプキンをめくって覗いた。

「お、ミンスパイだね。僕も味見したけど、とてもおいしかったよ。日持ちもするしおやつに食べると良い」

「……大事にいただこう」

クリフォードは感情の読めない表情に戻ったが、ローザには彼の灰色の瞳が嬉《うれ》しそうに和んでいるのがわかったのだ。

その後はごちそうを食べて、デザートにはプディングを楽しんだ。

香りを付けるためにブランデーに火を灯《とも》したときの青々とした炎は美しかった。

聖誕祭は家族と過ごすものだ。ローザも昔は母と祝っていた。

一人になってどうなるかと思ったけれど、こんなに楽しい日が迎えられる。

ローザはそれが嬉しかった。


あと片付けは朝にしよう。ということになり、クレアはごちそうだけ下げて帰っていった。ミシェルとセオドアも、明日も仕事があるとそれぞれの家に帰宅している。

簡単な掃除をしながら、ローザはため息をこぼした。

「とっても楽しかったです……」

「色々したね。このテラスハウスでここまで賑《にぎ》やかなのははじめてかもしれないね」

アルヴィンは、セオドアに掃除を手伝うように言明されて残ってくれていた。

エセルはローザ達が掃除で動き回っている間も、悠々とクッションに寝そべっている。

パーティの後のふわふわとした昂揚《こうよう》がゆっくりと落ち着いていくのは、物寂しさがありながらも心地よい。

再び満足の息をこぼしたローザは、アルヴィンの視線を感じた。

あの事件以降、彼はいつもと変わらないように思えたが、こうしてローザの存在を視界の端で確かめている。

束縛するようなものではない。

ただ見て、安心する。そのような雰囲気だった。

ローザもふと心細くなったときに、アルヴィンがいてくれたことで思い詰めなかった。

夜、体が震えて眠れないときには、いつもは部屋に入ってこないエセルが一緒に眠りに来てくれて安らかに眠れた。

お陰で今ではあの夜は遠い出来事になりつつある。

アルヴィンの存在が、ローザの中で温かく大きくなっている。

頬に熱が灯るくらいには。

なんとなく気持ちが落ち着かなくなって、ローザは彼から視線を逸らす。

それをどう受け止めたのか、アルヴィンがそっと覗いてくる。

「ローザ？　どうかしたかい」

「え、えっと、特には……」

狼狽《うろた》えたローザは話題を探して、カトリーナの話を思い出した。

「アルヴィンさん、妖精の中に金の巻物を持つ話はあるのでしょうか」

アルヴィンはゆっくりと瞬《まばた》いた後教えてくれた。

「金の巻物というのなら、ロビン・グッドフェローが、妖精の父からもらったものだろうね。ロビン・グッドフェローの最も有名な詩の中にも、金の巻物は出てくる。普通の妖精のように魔法が使えない彼でも巻物を持っていると、自在に姿を変えられたというね」

ローザは、廃墟《はいきょ》の中で金の巻物を持ったチャーリーの姿がはっきりと思い浮かんだ。

もしあれが伝承通りの金の巻物であれば、すべて説明が付く。

ならば、あのときのロビンが語ったことも――……

思索の海に沈みかけたローザを、アルヴィンが覗き込む。

その表情に微笑みはなかった。

「ロビン・パーカーが金の巻物を持っていたのかな」

「っ……！」

まだ、アルヴィンにはロビンが廃墟の中で助けてくれた経緯を話していなかった。

きっと彼なら迷いなく信じてくれただろう。

それでも、ティールームでロビンにされた話で、言い出せなくなってしまった。

ローザが見返すと、アルヴィンは整然と根拠を語る。

「君は以前パーカーがエドワード・ピンチベックを女性だと言っていた、と話してくれたね。はにかみ屋だった貴族の親友のために製作した、とも。だけど、それらの情報は……特に、依頼者の性格なんてものはどこにも残っていないんだ。それこそ作られた当時を知る者以外はね。彼が正真正銘パックならば説明が付く」

「ですが、ロビンさんがでたらめを言った可能性も残ります。それだけ、でしょうか」

きっと確信に至る根拠があったはずだ。

ローザが考えた通り、案の定アルヴィンは続けた。

「実はチャーリー・コリンズの死亡推定時刻の後……つまり彼が死んだ後の時刻に、生前そのままのチャーリーと話した人間がいたんだ。普通ならばあり得ない。だけど、超常的な力でチャーリーに姿を変えた誰かが、根掘り葉掘り話を聞きに行ったと考えればどうだろう。伝承されたパック、ロビン・グッドフェローの金の巻物ならそれは可能だ」

「あり得ない現象」を説明してみせたアルヴィンに、ローザは大きな不安を覚えた。

自分が知る限り、妖精につながるはじめての確かな手がかりだった。

ここまで突き止めたアルヴィンは、どうするのか。

ローザはおそるおそる彼を見上げる。

けれど意外にも、灰の瞳には妖精と遭遇した際の強い好奇と興味の色は薄かった。

「強い不安の表情をしているね。大丈夫だよ。君が言ったことは忘れていない。僕は無謀に追うことはしない。ロビンを捕まえて話を聞けたら一番だけれど、残念ながら行方がわからない以上難しいしね」

「ですが、よろしいのですか。アルヴィンさんは、妖精の手がかりを求めていて……」

ローザは言葉を濁してしまう。

アルヴィンはじっとローザの表情を観察しながら続けた。

「僕があいつに近づくということは、あいつを君にも近づけさせるということだ。僕は彼を君に会わせるのは避けたい」

きっぱりと言い切ったアルヴィンは、無意識なのか片手で自分の胸を押さえる。

「それに、君が攫《さら》われたと知ったときのあの感覚は、もう味わいたくないんだ」

密《ひそ》やかにつぶやかれた言葉が、ローザの胸にしみ込んでくる。

事件以降、アルヴィンの態度が若干変わったことは感じていた。

今はじめて彼自身の思いを聞いたような気がした。

あの日、ローザを抱え上げたときに込められた力の強さは、まだ体が覚えている。

考えないようにしていたけれど、アルヴィンの中に芽生えたなにかが理由だったのだろうか。

期待してしまう己を宥《なだ》めようとするけれど、弾むような想《おも》いは勝手に育っていく。

アルヴィンがパックの呪いを確かめるためにパリュールを預かると言ったとき、どうしてローザの心が揺れたのか。

雇い主だから。

恩人だから。

ひとりぼっちだったローザを受け入れてくれたから。

すべて正しいだろう。

不安の中で芽吹きあの廃墟で彼が来てくれたときから、ローザの心に宿った感情がある。

彼の精緻な細工を鑑定するときの横顔や、食事中好きなものを食べるときだけ、ペースがゆっくりになること。

妖精にまつわる出来事に遭遇したときの、明るい声音も心地よい。

従業員でなくとも、なにもなくとも、この人の側にいたい。

目を離したとたん、どこかへ行ってしまいそうな彼を失うことが恐ろしいほどに。

ローザがただ見上げると、アルヴィンはいつもの微笑《ほほえ》みで語った。

「どうやらね。僕は、君ともっと側にいたいと考えているようなんだ。青薔薇骨董店で一緒に働いて、来年も聖誕祭を過ごしたい。これからの季節は妖精にまつわる行事もたっぷりあるから、君にも調査を手伝ってもらいたいな。――だからこれからもよろしくね」

彼は、妖精に囚《とら》われている人。よくわかっている。

寂しくて悲しいのに「もっと側にいたい」という言葉が、たまらなく嬉しい。

胸に宿る温かくも切ない感情の名を、ローザは知っている。

この人の助けになりたい。

ロビンから知った、青い瞳の理由を話せるだろうか。

『彼の想いは偽物だ』

口にしかけたとたん、ロビンの言葉がローザの耳に蘇《よみがえ》り、胸が嫌な風に軋《きし》む。

「……ッ」

「ローザ？」

アルヴィンは訝《いぶか》しげにする。

だめだ、どうしても、言えない。

だからローザは、今だけはと微笑んだ。

「はい、できる限り、アルヴィンさんの側にいさせてください」

アルヴィンは少し変な顔をした。

きっとローザがもっと違うことを言おうとしたと気づいたのだろう。

わかっていてローザは彼に質問される前に話を逸らした。

「そうでした、アルヴィンさんがくださったプレゼントなのですけど」

聖誕祭のプレゼント交換で、ローザは様々なものをもらった。

ミシェルからは新しく仕立ててもらう制服に合わせた帽子を。

セオドアは店で勧められたというハンドクリームをくれた。

クレアは手編みのマフラーだ。

クリフォードが全員に持ってきたのは、色とりどりのボンボンだった。

ただ、アルヴィンが贈ってくれたもので、一悶着《ひともんちゃく》あったのだった。

ローザに持ち出されたアルヴィンは眉尻を下げる。

「あのポイズンリングだね。前回君が危険な目に遭ってしまったから、護身用に選んだのだけれど。あんなにセオドアとクレアが怒るとは思わなかったよ」

彼が贈ってくれたのは、指輪だった。

中央に青いサファイアと、側面に四つ葉のクローバーがあしらわれた意匠のものだ。

このエルギスで、男性が女性に指輪を贈る理由は、たいていは求婚である。

全員がぎょっとする中、アルヴィンはとても真剣にポイズンリングと呼ばれる指輪の構造と使い方を説明しはじめたのだ。

「あのポイズンリングは、サファイアのベゼル部分が開閉できるようになっていて、ものを入れられる。もし次に危険な目に遭いかけたら、ベゼルに仕込んだ麻痺毒《まひどく》を相手に盛るか、針で刺せば無力化できると思って……。ベゼルを開けて相手に指輪を押しつけるだけで毒を注入できるよう、針も細かく調整したのだけど。ああいったものを女性に贈るのはふさわしくないのだね」

そう。大まじめに護身方法を語るアルヴィンを、セオドアとクレアは叱りつけた。

セオドアは防犯対策の品を聖誕祭に贈ることに。

クレアは求婚でもないのに、男性が女性に指輪を贈るものではないという方向で。

よってたかって叱られたアルヴィンは、さすがにまずい選択だったと理解したらしい。

そういうわけで、アルヴィンはまた後日、セオドアかクレアの監修のもと、ローザに贈り物を用意すると約束をしたのだ。

久々にアルヴィンのズレた感性を実感し、さらにセオドアとクレアの勢いに気圧《けお》されてローザはそのときは呆然《ぼうぜん》とするしかなかった。

今も大人しいアルヴィンに、ローザはお願いをした。

「もし良ければ、そのポイズンリングをいただけませんか」

「えっ、護身用にするのかい。けれど、あまり嬉《うれ》しくはない贈り物なんだろう？」

「さすがに自分を守るためだとしても、毒が入った指輪を身につける気にはなれません」

「だよね……」

「ですが、それでも、アルヴィンさんの気持ちは嬉しいので、飾ろうかと」

驚くアルヴィンにそこだけはきっぱりと否定しつつ、ローザは答えた。

確かに自分で使いたいとは思えないし、着眼点もズレているとは思う。

それでも、アルヴィンがローザのことを考えてくれた気持ちは本物だろう。

アルヴィンは瞬くと、テーブルの上に放置されていたプレゼントを持ってくる。

「君が良《い》いのならかまわないけれど……やっぱりこれとは別に、改めて君が本当に喜ぶものも贈るね」

「では、そちらも楽しみにいたします」

セオドアとクレアなら大丈夫だろうが、あまり高価なものにならないよう改めて頼んでおこう。

ローザはそう考えつつ、嬉しいのも確かだったので笑みを浮かべる。

「来年の聖誕祭は、僕一人で選んでも、喜んでもらえるようにするよ」

言葉の端々で、アルヴィンの中では、ローザがこれからも青薔薇骨董店にいることが当たり前なのだと感じさせてくれる。

だがその喜びの中でも、ローザはティールームでのロビンとのやりとりが頭から離れなかった。

＊

一人きりの寝室で、ローザはサイドテーブルにアルヴィンからもらったポイズンリングの箱を開いて置いた。

その隣にあるクッションへ、母の形見のロケットを並べる。

サラマンダーの彫金がされたロケットは、母と……父の面影を知る唯一の手がかりだ。

瞳について、ローザは結局アルヴィンに言えなかった。

ロビンのもたらした言葉の数々が、ローザをためらわせたからだ。

『彼の想いは偽物だ』

街を覆い尽くす霧のように、心に黒いもやが広がっている。

その正体は不安だ。

『僕は君が欲しいな、青薔薇《ブルーローズ》のような君が』

アルヴィンはそう言って、ローザを側に置いてくれた。

ちっぽけな労働者階級《ワーキングクラス》だった自分にドレスを与え、知識を与え、自信をくれた。

強盗のときも、廃墟《はいきょ》の一件でも助けに来てくれた。

そして、ローザの気持ちを推し量ろうとしてくれる。

しかし、それは。もしかして。

アルヴィンがローザを気にかけてくれるのは、必死になってしまうのは。

……――ローザに流れる妖精の血に惹《ひ》かれたせいではないのか。

まだ、アルヴィンに聞けていないことがある。
冷えた空気の中で、ローザは言葉をそっと吐き出した。
「あなたは今も、妖精に会って殺してもらいたいと思っておりますか」
もちろん、答えはない。
代わりに、エセルがするりと足下にすり寄ってきた。
素足にまとわりつく暖かさに、胸の苦しさが少し和らぐ。
今だけは、とローザはエセルを抱き上げベッドに潜り込んだ。
せめて、眠っている間だけは、安らかにいたい。
エセルが嫌がらないのを良いことに、ローザは温《ぬく》もりにすがって眠りについた。

窓の外では、雪がしんしんと降りはじめていた。

この作品はフィクションです。
実在の人物や団体などとは関係ありません。

あとがき

はじめましての方も三度目ましての方もはじめまして！　道草家守《みちくさやもり》です。

三巻目にして初あとがきを書いております。

あらためまして『青薔薇《ブルーローズ》アンティークの小公女』シリーズをご購入くださり、ありがとうございました。皆様のお陰で、シリーズとして続けられております。

せっかくなので、この物語を書いた経緯をお話しさせてください。

私はイギリス、ヴィクトリア朝の華やかで、混沌《こんとん》とした空気が好きでした。

編集さんと新作についてお話ししたときに、まず思いついたモチーフです。

とはいえ、時代設定だけではお話は書けません。

読者さんに魅力を感じてもらうためになにを組み合わせようか、と思ったときにまずドレスとフリルは絶対外せないと思いました。可愛《かわい》いものは出したい。これは天の理《ことわり》です。

さらにこの時代ならではの、猥雑《わいざつ》でほの暗い階級社会のあれこれもたまらないほど面白い。ならば上流階級《アッパークラス》と労働者階級《ワーキングクラス》、どちらも書けるシチュエーションを！

と考えたときに脳裏に浮かんだのが、花のアンティークを扱いながらも生きた花のない店内で、唯一の花として佇《たたず》む店員の少女だったのです。

アンティークなら上流階級にかかわりながら働く女の子の日常をいっぱい書けるぞ！　しかも制服なら自然にドレスを着せられる！　あっなら妖精を組み合わせたら華やかで楽しいのでは？

こんな風に生まれたのが、青薔薇骨董店《ブルーローズアンティーク》の妖精のように美しい店主アルヴィンと、青薔薇のような店員の少女ローザでした。

いざ書きはじめると、美しくも奥深い花と妖精とアンティークの世界で迷子になったのですが、それはそれ。読者の皆様に楽しんでいただけたのなら本望です！

装画の沙月《さつき》先生は、素敵なドレスで華やかに世界観を表現してくださり毎度眼福です。

コミカライズを担当してくださっているコリス先生は、より『青薔薇アンティーク』の世界を味わえる素晴らしい作品に仕上げてくださいました。

さらに、編集さんがいなければこのお話は生まれておりませんでした。

なにより、手に取ってくださった読者さんに感謝を申し上げます。

これからも、青薔薇骨董店の物語を楽しみにお待ちいただけましたら嬉《うれ》しいです。

梅雨の雨音に耳を傾けながら　道草家守

お便りはこちらまで

〒一〇二―八一七七
富士見L文庫編集部　気付
道草家守（様）宛
沙月（様）宛

富士見Ｌ文庫

青薔薇《ブルーローズ》アンティークの小公女《しょうこうじょ》3

道《みち》草《くさ》家《や》守《もり》

2023年９月15日　初版発行

発行者　山下直久
発　行　株式会社 KADOKAWA
〒102-8177　東京都千代田区富士見2-13-3
電話　0570-002-301（ナビダイヤル）

印刷所　株式会社暁印刷
製本所　本間製本株式会社
装丁者　西村弘美

定価はカバーに表示してあります。　◇◇◇

●お問い合わせ
https://www.kadokawa.co.jp/（「お問い合わせ」へお進みください）
※内容によっては、お答えできない場合があります。
※サポートは日本国内のみとさせていただきます。
※Japanese text only

ISBN 978-4-04-075134-4 C0193